U0017374

殘狼灰滿

沈石溪◎著

照出人類的靈魂

沈石溪

在我看來，世界上再也沒有哪種動物比狼更有文學價值了。狼是一種奇特的生命現象，狼的身上有許多能與人性相媲美的優點。狼適應性極強，分布地域廣闊，赤道、北極都能生存；狼具有團隊精神，在嚴酷的冬季常常呼嘯成群，精誠合作，進退有序，榮辱與共，就像一群訓練有素的士兵。狼是動物界少數幾種具有父愛意識的動物之一，公狼協助母狼共同養育子女；每一隻雌狼天生一副慈母情腸，危險逼近巢穴時，會用裝死詐降等伎倆引火燒身，冒九死一生的風險將天敵從巢穴邊引開，在狼的社會裡，除非母狼遭遇不測，絕無醜陋的棄嬰現象。狼英勇善戰，敢於襲擊比自己體形大得多的狗熊，在搏殺中，即使被咬得肚穿腸流也不會後退。狼自尊自愛，沒有奴顏媚骨，人類能把包括老虎、獅子在內的許多猛獸訓練成滑稽可愛的馬戲團演員，卻從來沒聽說過哪個馬戲團將狼馴養成演員的。狼善於改造自己，必要時會脱胎換骨重塑自己的形象，遠古時的中類狼，在陸地上無法與劍齒虎、猛馬象和披甲蜥蜴等大型猛獸匹敵抗衡，便由陸地向海洋轉移，經過一代又一代狼數萬年堅持不懈的努力，終於演變成今日稱霸海洋的大白鯊……。絕非危言聳聽，當年造物主假如沒有造出人類這個物種，今天的地球很有可能是狼統治的世界。

當然，狼身上也有許多卑劣的獸性，狼陰險狡詐，貪婪成性，殘忍狠毒，吃羊不吐骨頭，爭奪配偶而發生內戰，種群內等級森嚴，常為爭奪領土、爭奪地位、餓極時還會撕食負傷的同類等等。

都説人一半是天使一半是魔鬼，其實這句話套用到狼身上也同樣適用，狼一半是天使一半是魔鬼。

我喜歡寫狼，我覺得狼性格的多重性，狼社會的複雜性，就像一面高清晰度的鏡子，照出人類的靈魂。

毋庸諱言，這部《殘狼灰滿》，就是用狼這面鏡子，對照人類社會關於殘疾、關於奮鬥、關於愛情等生活層面寫就的動物小說。也可以說是身殘志堅者的一部奮鬥史。類似的主題，在以人類為主人翁的作品裡，早已屢見不鮮，有的寫得慷慨悲壯，有的寫得纏綿悱惻，塑造在逆境中奮起的強者形象，歌頌跌倒爬起再跌倒再爬起的光輝奮鬥歷程，吟嘆苦痛中相濡以沫、風雨中牽手同行的偉大愛情。同樣一個故事梗概，主人翁換成了狼，感覺立刻就變了，似乎在一個行將廢棄的老礦井裡尋找到了蘊藏在地底深處的新礦脈，切換嶄新的審視角度，剖析更深層次的思想內涵。因為我寫的是殘疾狼，沒必要像健康人寫殘疾人那樣動惻隱之心而筆下留情，一切人間的顧慮和禁忌化為烏有，赤裸裸解剖，真真實實寫來。我發現，就殘疾狼而言，主宰主人翁命運的是嚴酷的生存法則，激發主人翁奮鬥不息的是最原始的生存衝動，催化愛情的是功利這根永恆的槓桿。高尚和卑汙同在，偉大和渺小並行，情誼和背叛交錯，很難用簡單的好與壞、美與醜、善與惡、是與非、對與錯來衡量主人翁的行為。

這也許更符合藝術邏輯，這也許更接近生命的真實。

《殘狼灰滿》最早在大型兒童文學期刊《巨人》登載後，獲首屆「巨人」中長篇兒童文學優秀作品獎，讀者反應較為強烈，有讚譽也有批評。有的認為故事精采想像奇特，熱鬧的情節背後似乎還隱藏著某種可咀嚼回味的生活哲理。有的則認為這部作品寫得太殘忍太血淋淋，作者立場曖昧，愛憎混沌，對少年讀者起不到淨化心靈的教育作用。我以為，少年小說應和供低幼年齡小朋友閱讀的兒童文學有所區別，青少年讀者正在成人社會的門檻前徘徊，正在成人社會的大門口窺探，很快就會躋身成人社會。在這人生轉折關頭，他們需要知道也應該讓他們知道什麼才是生活的真實。一味淨化心靈的結果，只能是不適應社會生活。因此，向他們展示既有鮮花又有垃圾的社會現實，向他們坦露既有光明又有黑暗的靈魂世界，對他們的健康成長是大有裨益的，這也是文學最基本最核心的教育功能。

我所寫的動物小說中，以狼為主人翁的作品占據了很大比例。《牝狼》、《狼王夢》、《狼妻》、《狼「狽」》、《結伴同行》、《狼菩薩和鹿魔鬼》、《白狼》、《殘狼灰滿》等都是寫狼的。寫了這麼多狼，仍覺得意猶未盡，還沒有寫夠，狼世界還有許多文學瑰寶可供採擷，狼社會還有許多鮮為人知的奧祕可供挖掘，狼家庭還有許多有價值的話題可供探討。

我還會繼續寫狼，而且還會越寫越精采，奉獻給喜歡我作品的廣大青少年讀者。

一

灰滿側臥在淺淺的雪坑裡，舉起身體右側那條後腿，在空中蹬了蹬，膝蓋下那截兩寸長的腳爪就像被風折斷的蘆葦穗一樣，左右晃蕩了兩下，滴下一串血粒，火燒般的疼。牠絕望的長嗥了一聲。假如僅僅被臭野豬咬裂了腿骨，牠還可以爬到箐溝去用尖尖的嘴吻挖幾株破血丹的根部，嚼得糜爛，和到稀泥裡，敷在傷口上，是有希望把腿重新接好的。狼也有自我救治的傳統醫術。但是，現在牠的腳爪不是一般性的折裂，而是徹底斷了，不僅尺骨和橈骨斷成兩截，筋脈血管也被咬斷，只連著薄薄一層皮囊。牠明白，即使牠把整個身體都埋進破血丹的藥泥去，也救不了這隻腳爪了。

牠凝望著日曲卡雪峰漸漸西墜的太陽，一顆狼心劇烈的顫抖著，有一種在千仞絕壁上不愼踩滑了一塊石頭失足跌了下去的恐懼。

狼是以剛強和凶悍著稱的動物。日曲卡山麓的獵人都說狼是老樹根做的神經，花崗石雕刻的骨肉，以此來形容狼堅忍不拔的意志。狼不像人那樣嬌嫩，也不像羊那樣脆弱。假如灰滿只是斷了右後腿那截腳爪，牠不會絕望的，狼可以用三條腿走路，也可以用三條腿奔跑。狼撒尿時會蹺起一條腿來，其實就是對跛腳生活的一種演練。快速奔跑時，四條狼腿裡也總有一條閒置不用，靠三條腿運動向前，這也是一種防患於未然的措施。獅虎熊豹這樣的猛獸一旦斷了一條腿，就會走路趔趄，嚴重影響狩獵的速度。這方面牠們比狼差得多了。

狼的這三條腿行走的天賦，既非老天爺的特殊照顧，也不是造物主的慷慨恩賜，而是在嚴酷的叢林生活的壓力下進化而來的一種生存技巧。狼是凶猛的食肉獸，但和獅虎熊豹相比，狼的體格就顯得太小了。

羚羊馬鹿這樣的食草動物面對孟加拉虎或雪豹會聞風喪膽魂飛魄散，但遭遇到狼，特別遭遇到離群的孤狼，雖然也會害怕也會驚恐不安，卻不肯放棄死裡求生的幻想，即使狼牙狼爪無情的落到身上，也困獸猶鬥。老虎咬住獵物的後頸椎，強壯的虎顎用力一擰就可以在極短的瞬間把獵物弄得窒息昏死，而狼就要麻煩得多。狼牙雖然尖利，但狼顎不夠孔武有力，無法一下子就把獵物的頸椎擰斷，免不了要有一場殊死的拚鬥。最終當然是狼獲勝，卻不能排除在搏殺過程中狼自己也受到某種程度的傷害。被咬斷一隻腳，是狼身上最常見的報應。犬科動物的爪子不像貓科動物那樣有副銳利如尖刀的指甲，狼腳又細，窮途末路的獵物情急之下，極有可能就咬住了狼腳，即使是只啃食漿果和草莓的松鼠，在這種時候鼠牙也變得鋒利起來，能活脫脫把含在嘴裡的狼腳咬下來。

殊死的搏殺，誰也不會口下留情講客氣的。

在人類的想像中，野生動物尤其是食肉類猛獸個個都健壯漂亮，渾身上下沒有缺陷。這是一種幼稚的誤解。叢林裡的野生動物生活的環境比人類嚴酷得多，因傷致殘的比率也要比人類大得多。瞧瞧古戛納狼群就知道了，成年大公狼起碼有一半是掛過彩的，寶鼎的嘴就是被鹿蹄蹬豁了一個大口子，再也閉不緊了，什麼時候都露出白亮亮的犬牙，滴淌著透明樹脂般的又黏又稠的口水，成了豁嘴狼；哈斗和瓢勺左前腳都短了一截，哈斗的腳爪是被獵人捕獸鐵夾夾斷的，瓢勺的腳爪是被一隻憤怒的母山貓咬斷的；還有老公狼庫庫，右臉和右耳以及右邊的半塊頭皮，都被狗熊的巴掌撕掉了，露出灰白的頭蓋骨，從右側望去，簡直是一具骷髏……

這算不了什麼，生活嘛，總要付出代價的。

灰滿是古戛納狼群中的現任狼酋。在以弱肉強食爲唯一法則的狼群裡，只有最強壯最勇敢的大公狼才能當上狼酋。灰滿身形高大，從鼻尖到尾尖全身毛色灰紫，就像天上一團蓄滿雷霆、蓄滿閃電、蓄滿暴雨、蓄滿冰雹的烏雲。假如此時牠僅僅是斷了右後腿那截腳爪，牠會連哼都不哼一聲，弓腰曲背蜷縮起身體，用自己的狼牙把自己腿上那截毫無希望的腳爪噬咬下來，免得成爲累贅。牠會忍著斷肢的疼痛，照樣站在狼群的前列，率領眾狼在日曲卡山麓闖蕩獵食。牠有足夠的勇氣顯示狼酋非凡的風采。

惱火的是，灰滿本來就是一匹三隻腳的跛狼！

那是一年前一個秋天的早晨，狼群遭到獵人和獵狗的圍捕，灰滿正逃著，突然背後傳來轟的一聲巨響，牠頓時覺得右前肢一陣發麻，似乎身體的重心有點失衡，奔跑起來彆彆扭扭。獵狗快踩著尾巴了，牠逃命心切，顧不得去看看究竟發生了什麼事，一頭鑽進密匝匝的灌木叢。擺脫獵狗的糾纏後，牠這才覺得右前肢疼得慌，低頭一看，原來獵槍裡射出來滾燙的鉛彈把牠右前腿下那截兩寸長的腳爪削掉了，山泥糊住了傷口，倒也沒流多少血。身上少了點東西，牠當然有點懊喪，卻並沒有消沉。三隻腳的狼在狼群中並不罕見。剛受傷的幾天裡牠走路還有點顛簸，等到傷口脫痂疼痛消退，也就慢慢習慣了，行走奔跑幾乎和受傷前同樣平穩利索。半年後，老狼酋波波老眼昏花掉進獵人的陷阱被竹籤子扎死了，灰滿憑著三隻腳戰勝了競爭對手肉陀，榮升爲狼酋。

原來就只有三隻腳爪，現在又斷了一隻，三減一等於二，又都斷在身體右側的兩條腿上，灰滿明白，牠是眞正殘廢了。

在狼群社會裡，誰不幸殘廢了，沒有療養院，也沒有殘疾狼協會，只能是被生活無情的淘汰掉。記得去年冬天，古戞納狼群在猛獁崖附近把一頭正在冬眠的狗熊從一個山洞裡引誘出來，十幾匹飢餓的大公狼和憤怒的狗熊在洞外雪地裡激烈周旋，大公狼甩甩躲過了熊掌的拍擊，扭動狼腰剛要從狗熊的胯下溜走，不幸踩在一塊薄冰上，吱溜，滑了一跤，急眼的狗熊乘機一屁股坐在甩甩身上。狗熊的屁股又大又沉像磨盤，坐在對手身上用屁股慢磨細碾是狗熊克敵制勝的獨特手段。而狼是銅頭鐵腿麻桿腰，狗熊的屁股恰恰坐在甩甩的腰上，甩甩慘嗥一聲，腰椎被坐斷了。雖然狼群最後還是吃掉了那頭蠢笨的狗熊，但甩甩的腰耷在地上，只能像蝸牛那樣慢慢的爬動。狼群不可能為了甩甩而停止在森林裡遊蕩覓食的。半個月後，狼群又經過那片雪地，甩甩早就變成一具骨骸，幾隻飢餓的禿鷹還在天空盤旋。

甩甩的結局還不算是最悲慘的。也是在一個風雪瀰漫的冬天，被飢餓嚴重困擾的古戛納狼群鋌而走險去襲擊日曲卡山腳下小村莊裡的一個馬廄，馬肉沒吃著，那匹名叫駝峰的母狼肚子被子彈洞穿，逃出危險地域後，駝峰的腸子拖出好幾公尺長，趴在雪地上再也起不來了。餓昏了頭的狼群受到駝峰漫流在外的腸子那股甜美的血腥味的刺激，突然一擁而上，眨眼間就把駝峰撕成碎片。

灰滿現在想的是，自己會怎麼個死法，是甩甩第二，還是駝峰第二？

二

古戛納狼群就在離灰滿幾十公尺遠的馬鞍形山窪地裡分食著那頭該死的野豬。山窪一片紅光，分不清是豬血還是夕陽。幾叢衰草，幾片殘雪，早春的日曲卡山麓，荒涼而寒冷。狼群已經兩天沒覓到食物，無論大狼、小狼、公狼、母狼都飢腸轆轆，誰肯放過眼前這頓美味可口的野豬肉？以死野豬爲軸心，圍著四、五十匹狼，你搶我奪，不時傳來爭食的嗥叫。

很快山窪的雪地裡只剩下一副被支解開了的奇形怪狀的野豬骨骸。

狼群吃飽了，三三兩兩朝灰滿躺臥的雪坑蹓躂過來。灰滿朝狼群瞄了一眼，每一匹狼的肚子都脹鼓鼓的，有的打著飽嗝，有的舔著嘴角的血絲，顯得心滿意足。牠鬆了口氣，看來自己不會成爲駝峰第二了。狼雖然還保留著同類相食的陋習，但這種慘不忍睹的事一般都是在餓得眼睛發綠喪失理智的時候才會發生；只要胃囊裡還有內容，狼對同伴的肉就引不起食慾。

狼群散落在灰滿四周的樹底下和草叢裡，有的蹲坐，有的躺臥；沒有奔跑，沒有喧鬧，也沒有嗥叫，安安靜靜，似乎在等待什麼。

灰滿心裡很明白，狼群是在等待新狼酋的產生。牠報廢了，站不起來了，當然也就不再是狼酋。狼是社會性群居動物，不能沒有首領，不然就會變成一盤散沙。

好幾匹成年大公狼的眼睛閃閃發亮，比餓著肚皮在雪地裡瞧見了小羊羔還要興奮。人類把費盡心機往上爬的傢伙比喻爲野心狼，並非憑空栽贓誣陷。狼群中經常爆發爲爭奪地位而戰的血腥廝殺，可以這麼說，所有的公狼都是社會地位的角逐者。灰滿知道，此時此地覬覦狼酋高位的大有狼在。

灰滿躺臥的淺淺的雪坑旁，有一座隆起如龜甲的雪包。登高是權力的象徵，按照古戛納狼群的行爲規範，一匹大公狼只要跳上雪包傲視眾狼，長嗥三聲，沒有誰撲上來爭搶，就算是新狼酋了。

豁嘴寶鼎朝象徵著狼酋高位的雪包躍了兩步，突然猛的煞住腳，扭頭跑回樹林，似乎撞著了一堵無形的牆；跛腳哈斗圍著雪包繞了小半圈，也一甩狼尾返回原先的位置，似乎雪包背後有一支獵槍正瞄準牠；骷髏庫庫一口氣躥上雪包，在頂上才逗留了幾秒鐘，不見誰來攆牠，卻連滾帶爬的撤了下來，似乎上面太陡太滑站立不穩。還有幾匹大公狼你瞧著我我瞪著你，忸忸怩怩的似乎不好意思跳出來逞能。

這些傢伙怎麼變得謙虛起來了？不，謙虛這兩個字在狼的生存詞典裡是永遠找不到的。灰滿當過半年狼酋，對手下的臣民瞭如指掌，這些傢伙之所以在作夢也垂涎三尺的狼酋高位面前踟躕不前，唯一的原因是害怕肉陀。

肉陀是古戛納狼群中出類拔萃的大公狼，上半身毛色焦黑如炭，下半身毛色潔白如雪，集黑夜恐怖與冰雪冷酷於一身。這傢伙肩胛上長著鵝蛋大小一塊疙瘩肉，活像瘤牛隆起的耆甲，這一生理特徵使牠得了肉陀這麼個奇怪的名字。牠身體比普通草狼要高出半個肩胛，壯實整整一圈，同灰滿不相上下。灰滿和肉陀同年出生，各有各的絕活。灰滿善撲，曾從幾丈高的山崖上撲倒過一頭藏在絕壁間的岩羊；肉陀善咬，曾一口咬斷正在疾跑中的公鹿的喉管。

老狼酋波波還在世時，牠灰滿和肉陀就是古戛納狼群中並駕齊驅平分秋色的雙傑。雄性個體之間社會地位越接近其緊張度就越高，牠灰滿和肉陀當然也就不可能和睦相處，都恨不得一口把對方呑了，因有狼酋波波管束，誰也沒敢輕舉妄動。波波一死，惡鬥立即開始。誰都想自己去填補波波留下的空缺，誰都想把對方踩到腳底下。好險哪，灰滿雖然體格、膽魄和爭奪高位的意志都不亞於肉陀，但那時牠已經短了一隻前爪，撲咬起來到底受點影響，在肉陀凌厲的攻勢下，差點就咬翻了。牠和肉陀在古戛納河西岸邊展開了惡鬥，那段河岸的地勢特別險峻，沒有平緩的金沙灘，而是怪石陡立，水流湍急，牠腿彎和脖子已被咬傷，流著血，在河岸的怪石間且戰且退，眼看做狼酋的美夢就要破碎，突然，發生了意外，肉陀一著沒撲準，踩在一塊長滿青苔的圓石上，咕咚一聲滑進河去。狼不是兩棲動物，狼是陸上猛獸，不諳水性不善泅泳；河水又深又急，水面還漩著渦紋；肉陀在水裡吃力的划動四肢，企圖爬上岸來。灰滿才不是那種會給對手喘息機會的大傻瓜。兩雄相鬥，沒有君子，牠趕到肉陀企圖登岸的地方，以逸待勞的守著，等到肉陀嘴爪並用好不容易上半個身體攀上岸來，牠照著那隻水淋淋的狼頭毫不客氣的就是一口。肉陀立足未穩，為了躲過致命的噬咬，不得不鬆開爪子跌回河裡去。形勢發生了戲劇性的逆轉，灰滿占盡上風，輕鬆得就跟玩遊戲似的。肉陀在河裡泡了三五回，野心泡溼了，傲骨泡酥了，威風泡沒了，灌了一肚子涼水再也沒有胃口來爭勇鬥狠了，終於像條死狗似的趴在河邊的一塊卵石上，嗚嗬嗚嗬朝牠發出求饒的哀嚎……

可以這麼說，半年前在古戛納河西岸那場狼酋高位的爭鬥中，灰滿能贏肉陀，起碼有一半屬於僥倖。現在牠報廢了，狼心一桿秤，誰心裡都清楚，這狼酋高位非肉陀莫屬。

肉陀就在灰滿正面十多步遠的一叢枯萎的牛蒡裡，後肢盤攏蹲坐著，一會兒舔舔前爪，一會兒梳梳腹毛，神情閒適安詳。這傢伙刁鑽得很，肯定在心裡頭掂量過了，古戛納狼群中沒有一匹大公狼是牠的對手，料定誰也不敢跳出來同牠爭搶狼酋位置，所以才從容不迫，一點也不著急。

半個太陽沉落在日曲卡雪峰背後了，肉陀這才不慌不忙的站起來，在眾狼迎候的眼光中，邁動輕盈的步子躥上雪包，仰天長嗥三聲。噢——噢——聲音尖厲高亢，具有很強的穿透力，久久在山谷迴盪。

狼們一個賽一個的發出嗥叫，歡呼新狼酋的產生。有好幾匹母狼攜帶著狼崽登上了雪包，謙恭的舔肉陀的體毛，表達自己對新狼酋的心悅臣服。

這傢伙不費吹灰之力就當上了狼酋，白撿了個便宜。

三

狼群在新狼酋肉陀的率領下，以灰滿爲軸心，圍成一個不規則的圓，緩慢的繞著圈。這是狼的告別儀式。牠們很快就離去了，這裡不是野狼谷，狼群不可能爲了一匹廢狼在這裡長久逗留的。灰滿心裡很清楚，狼群一旦離去，牠即使僥倖不被虎豹豺狗猞猁這類猛獸吃掉，也會變成一具餓殍的。狼群向牠告別，等於是在向活的遺體告別。

灰滿用眼光召喚著狼群中那匹叫黑珍珠的母狼。

黑珍珠兩歲半年齡，長脖細腰，體態婀娜，尖錐形的脣吻光潔無斑，一身漆黑的狼毛柔軟細密，閃閃發光，眞像一顆黑珍珠。灰滿當狼酋後，黑珍珠忠誠的跟隨在牠尾後，形影不離。牠也打心眼裡喜歡黑珍珠，寧可自己挨餓，也要設法讓黑珍珠吃飽。古戛納狼群中每一匹狼都曉得黑珍珠是牠灰滿已經相準了的配偶。要不是眼前這場災難，等到春暖花開的發情季節，黑珍珠必定成爲牠灰滿的終身伴侶。

灰滿並不奢望黑珍珠會打破常規離開狼群長久的陪伴在自己身邊。這是絕對不可能的，道理就像不可能把月亮當餡餅吃進肚裡去一樣簡單。狼是很現實的動物，除非太陽從西邊升起，甭指望一匹青春嬌美的母狼會爲一匹已經報廢的公狼犧牲自己的利益，不管牠們之間過去的感情有多深。灰滿只希望黑珍珠能從隊列裡走出來，走到牠身邊，用黑緞子般的狼尾巴輕輕拍打牠還在流血的右後腿，用溫暖的狼舌舔舔牠的額頭，表示出一點悲憫和愛憐，給牠一個依依惜別的眼神，牠就滿足了。牠落難了，牠報廢了，牠馬上就會成爲甩甩第二，牠比任何時候都更需要同情、安慰和愛撫。

牠死死的盯住黑珍珠，眼都望瘦了，黑珍珠像什麼也沒感覺到似的，既沒跨出隊列向牠靠近，麻栗色的瞳仁裡也沒表現出特別的惋惜與眷戀。

牠委屈的銜著黑珍珠嗥叫了一聲。

牠之所以會被臭野豬的獠牙咬斷腳爪，主要是爲了救黑珍珠。牠已跳到了野豬背上，咬住了肥嘟嘟的豬脖子，這時，黑珍珠也躥了上來，摟住一隻豬後蹄拚命噬啃。公野豬長著一副猙獰的獠牙，脾氣暴躁，凶蠻無比，使勁擺動碩大的豬頭，齜著獠牙朝黑珍珠咬下去。在旋風般激烈的廝殺中，黑珍珠只顧噬啃豬蹄，渾然不知大禍臨頭。假如聽任瘋狂的公野豬將獠牙咬下去，即使不能一口咬掉黑珍珠半顆腦袋，也起碼報銷半張狼臉，剎那間一代嬌娘就會變成慘不忍睹的醜狼。灰滿趴在公野豬背上，這一切看得清清楚楚，來不及多想，在野豬獠牙觸碰到黑珍珠的一瞬間，伸出自己右後爪閃電般的搗進凶光畢露的豬眼。一隻豬眼像魚泡似的碎了。公野豬怪叫一聲，放棄了去咬黑珍珠腦殼的企圖，猛一抬頭，擎著鋒利的獠牙朝灰滿還刺在野豬眼窩裡來不及拔脫的狼爪咬來；這臭野豬動作出奇的快捷，灰滿想縮回爪子已經來不及了，只聽咔嚓一聲響，右半邊身體變得痲木，從野豬背上栽落下來。這時，後面的狼群已追趕上來。超跳撲躍，在空中編織一張恐怖的網，罩向臭野豬……

要是知道黑珍珠會這般寡情絕義，牠根本就不該冒險去搗野豬的眼窩的，就讓野豬獠牙啃掉黑珍珠半張臉好啦，少了半張臉的醜母狼與骷髏庫庫倒剛好配成一對。牠灰滿身為狼酋，還愁找不到年輕美貌的小母狼嗎？

唉！現在後悔也晚了，

四

古戛納狼群離去了，山窪一片寂靜。暮色蒼茫，凜冽的寒風吹得枯葉和積雪在地上打旋，彷彿是一群群白蝴蝶和一群群黃蝴蝶在聚會。

灰滿躺在淺雪坑裡，一動不動。傷口還在流血，按理說，牠可以爬到山窪去尋找能止血療傷的草根，也好使自己少流點血，但牠不願白費這點力氣。傷口養好了，也難逃一死。這血要流就流吧，也許早點流盡了更好，可以縮短苟活的痛苦。

牠靜靜的躺臥著，任憑越來越濃的暮色覆蓋自己。

突然，通往山外的牛毛小路上傳來一陣窸窸窣窣的聲響。在一片青煙似的暮靄中，一條細長的身影急匆匆往山窪趕來。灰滿聳動鼻翼，嗅到一股同類稔熟的氣味。心忍不住一陣悸動，極有可能是古戛納狼群中心腸特別歹毒的傢伙，想來這裡撿頓消夜。牠下意識的往雪坑裡縮了縮身體。

轉眼間，影子迅速飄到面前。圓月從山坳口升起來，一束清輝照在來者身上，灰滿認出原來是名叫黃鼬的小母狼。

牠一顆懸吊著的心平穩的放了下來。

黃鼬是古戛納狼群中最卑賤的角色，光聽這名字就不難揣摩出牠醜陋的長相。醬黃色的皮毛，黯淡無光；四肢奇短，差不多只及牠灰滿一半高；粗腰窄臀，按狼的審美標準看，萎縮得就像一隻臭鼬。牠的脣吻和正常的狼比較起來，輪廓線圓得有點滑稽；一雙狼眼也不是高高吊向眉際，而是平平的長在額前，缺少一種白眼斜視世界的風采。牠是公狼察察和母狼飛飛的後代。察察和飛飛都是古戛納狼群中其貌不揚、地位低賤的草狼。這是一次錯誤的結合，退化的遺傳，低賤加低賤等於雙倍的低賤。

在灰滿的印象裡，黃鼬的年齡和黑珍珠相仿，不，好像要比黑珍珠大好幾個月呢，卻發育得羸弱瘦小，像枚長僵了的酸杏子。黑珍珠像是高貴的公主，和牠相比，黃鼬就是苦命的婢女；黑珍珠身後已黏著一串崇拜者，而黃鼬卻無狼問津，屬於被生活遺忘的角落。當察察和飛飛在一次同雪豹爭搶一隻羚羊的搏鬥中雙雙死於非命後，黃鼬活得就更悲慘了，每次進食，都要等其他狼吃得差不多了，才輪得到牠去撿食吃剩下的骨渣和皮囊；每次宿營，牠毫無例外的睡在漏風滴雨的最次位置。狼在群體間的地位是要靠力量去爭取的，但黃鼬每次跟著狼群巡山狩獵，從不敢衝鋒陷陣向獵物猛撲猛追猛撲猛咬，當狼群旋風般的和獵物扭成一團時，牠只會和未成年的狼崽一起待在圈外，噢嗚噢嗚嗥叫助威。這德性，也只能做匹賤狼了。

灰滿不相信這麼個角色會有膽魄敢把牠當一頓候補消夜。

果然，黃鼬弓著脊梁，嘴縮進胸窩，一副卑躬屈膝的模樣，那條毫無特色的狼尾像支破掃帚一樣在雪地上來回掃動，急切在表達著友好與善意。

黃鼬不是來害牠的，灰滿徹底放心了。

黃鼬跳進雪坑，站在灰滿面前，後肢直立前肢彎曲，從尾尖到後腦勺形成一條水平線，整個身體像波浪似的顛簸起伏，一張嘴，吐出一坨還沒來得及消化的肉糜。灰滿立刻聞到了一股撲鼻的野豬肉香。

牠明白了，黃鼬是在餵牠進食呢！狼雖然不像駱駝和牛那樣是天生四只胃囊的反芻動物，但在特殊的情況下也有反哺的功能；母狼養育狼崽期間，一旦斷奶，就是靠反芻出肉糜來哺養自己的寶貝的。

灰滿剛才同臭野豬搏鬥了一番，又流了許多血，早餓壞了，既然是免費送上門來的佳肴，不吃白不吃。牠一口把肉糜吞進肚去。

黃鼬淺灰色的眼睛裡一片溫柔，又反芻出好幾坨肉糜來，灰滿不客氣的照吃不誤。

遺憾的是，這小賤狼大概剛才爭搶野豬肉時沒能撐飽，吐了幾口便再也吐不出來了。

不管怎麼說，這幾口肉糜使灰滿冰冷的身體暖和起來了。

黃鼬疾風似的奔走了，大概是追趕狼群去了。灰滿弄不太懂這匹小賤狼幹麼要大老遠的趑回來餵牠幾口肉糜，或許是一種欠債還情吧！

那是兩個月前的事了。正值隆冬，日曲卡山麓天寒地凍，山野鋪著厚厚一層白雪。對古戛納狼群來說，隆冬就是鬼門關。有遷徙習性的食草類動物斑羚、崖羊、馬鹿等都到溫暖的尕瑪兒草原過冬去了。冬眠的動物狗熊啦蟒蛇啦都躲進狼鼻子休想聞得到的地洞裡不再出來，雪雉和雪兔這類動物依托著白皚皚積雪的掩飾隱蔽，極難發現蹤跡。飢餓召來了黑色死神，像幽靈似的殘酷的籠罩在古戛納狼群上空。每年到這個時候，狼群爭食得就更加厲害。有時逮到一隻小蜜狗，幾秒鐘之內就會被分得乾乾淨淨，地位低卑的草狼和行動遲緩的老狼就經常吃不到東西，黃鼬是雙倍低賤者，境遇也就可想而知。在其他季節裡，黃鼬還能撿食到眾狼吃剩下的骨渣皮囊，進入隆冬後，好幾次進食只勉強飽了飽鼻福——站在爭食的狼圈外聞到點血腥和肉香。終於，黃鼬餓得頭暈眼花支持不住了，在風雪瀰漫的山道上走著走著，四肢一軟，咕咚癱倒在雪地裡，怎麼掙扎也站不起來了。每年在暴風雪肆虐的隆冬季節，都要餓死幾匹草狼老狼，這並不稀罕，更何況是黃鼬呢！這小賤狼餓倒在雪地裡非但沒狼理睬，有幾匹大公狼還居心叵測的用唇吻在其綿軟的身體上探索，那貪婪的模樣就像在嗅聞一坨快到口的肥肉。

黃鼬軟耷耷的脖頸垂在雪地上，無力的哀嗥著。

就在這時，灰滿在山岬的拐角望見前面不遠的一棵老橡樹下躺著一頭被暴風雪凍死的黃牛。牠興奮的叫起來。狼群擁向死牛，對黃鼬不再感興趣。

黃鼬僥倖的躲過了被同類吃掉的劫難。

也許這又醜又蠢的小母狼以爲牠灰滿是有意相救。這倒不錯，等於白撿了一筆人情。

其實，灰滿當時並沒想到要救黃鼬，在這節骨眼上見到凍死的黃牛，純屬偶然；興奮的狂叫起來，也是在飢餓時喜遇食物的一種常態。至於後來整個狼群飽啖了一頓冰凍牛肉後，牠銜了一根吃剩的牛尾巴，送到奄奄一息的黃鼬面前，純粹是做了一次順水狼情。這根牛尾巴多少還有點肉，吃不了扔掉怪可惜的。

一根牛尾巴使得差不多餓暈的黃鼬重新有力氣站了起來。

從此，灰滿覺得黃鼬對牠的態度有點古怪，黏黏乎乎的總愛在牠身邊轉悠，好幾次牠跟黑珍珠玩耍，正在興頭上，黃鼬便在一旁莫名其妙的一聲又一聲發出淒厲的嗥叫，這真令狼敗興。後來，這不知趣的小賤狼越來越惹牠心煩了。就是前兩天吧，牠在剛開凍的小溪邊用細長的舌頭捲食清泠泠的水，小賤狼又來了，厚臉厚皮的跳到牠站立的那塊岩石上想同牠共飲。假如跳上來的是黑珍珠，牠會歡天喜地把位置讓出來的，這溪水會變得像滲進了蜂蜜般甜；但跳上來的是黃鼬，這溪水像滲進了馬尿般酸臭。牠忍無可忍，朝剛剛落到岩石上還立足未穩的黃鼬猛力頂撞，黃鼬猝不及防，跌進冰涼的溪流裡，嗥叫著漂出好幾十公尺遠才掙扎著爬上岸來，水淋淋像隻落湯雞，凍得渾身觳觫，打了兩天噴嚏。

這是咎由自取，灰滿連表示歉意的眼光都懶得施捨半分。

以後，黃鼬算是有了點自知之明，不再涎著臉往牠身邊鑽了，而是離得遠遠的瞅著牠。

沒想到，當牠傷殘落難時，黃鼬卻會從遠遁的狼群趕回山窪來反哺給牠肉糜。

假如此時從狼群跑回來看牠的是黑珍珠，灰滿會欣喜若狂感激涕零的。遺憾的是，來者是眾狼不屑一顧的黃鼬，意義顯然就打了對折。

五

灰滿又吃了一驚，因爲半夜黃鼬又回來了。

皓月當空，灰滿看見，黃鼬銜著一蓬野馬追的根根。這是一種狼經常使用的治療跌打損傷的草藥。野馬追的根根有一股潮溼的土腥味，顯然是剛剛從山窪挖來的。不是狼就很難體會在早春寒冷季節挖野馬追根根的難度與艱辛。這玩意兒長在茂密的灌木叢，四周繞滿荊棘藤蘿，還有劃破後就會使狼皮潰爛的毒刺，既不易尋找，更不易接近。要是在夏秋兩季，只要尋找到並接近了，採擷倒方便，只消把開著粉紅色的小花的枝條咬斷就行。但早春野馬追還沒抽枝發芽，只有根根可以利用。正在融雪的山地冷得徹骨，爪扒牙啃，會累脫一層皮，會冷酥幾顆牙。瞧黃鼬，狼毛凌亂不堪，身上黏滿枯枝敗葉，一隻耳朵讓毒刺劃破了，脣吻也被磨爛了，還滴著血。

黃鼬千辛萬苦找來野馬追，顯然是要給牠灰滿療傷。這傷治不治其實都沒什麼意思，灰滿想，可黃鼬一片好心，自己若一味拒絕，實在有點不近狼情了。唉，治就治吧，不管怎麼說，生命是寶貴的。

黃鼬認眞的咀嚼著野馬追，綠色的汁液順著嘴角滴淌下來。嚼一口，就用舌頭把漿狀藥泥敷在牠的斷腿上，再繼續嚼。灰滿嘗過這嚼藥的滋味。牠右前爪被獵人的鉛彈打斷後，就曾爲自己嚼過野馬追，滿嘴苦澀，噁心得直想嘔吐，比死還難受。狼的味覺器官都是相同的，黃鼬不可能把苦澀嚼出一片香甜來。果然，黃鼬嚼了幾口後，四肢平趴在地上，難受得腹部一陣陣搐動，嘔出一大灘酸水來。但嘔吐完後，黃鼬又接著嚼藥，直到藥泥把牠的傷口全敷嚴實了爲止。

夜深了，灰滿昏昏沉沉的睡去。一覺醒來，太陽已躍上樹梢，黃鼬還沒走，依偎在牠身旁，共同抵禦雪地的寒冷。

看樣子，黃鼬是決心要陪伴在牠身邊了，灰滿想，牠此刻拖著傷腿行動不便，孤立無援，離群索居，寂寞難忍，有一匹小母狼在身邊照顧，倒也不錯。

六

灰滿身體健壯，才敷了兩次藥，傷口就止血結痂，那截像被折斷了蘆葦穗似的廢腳爪也脫落了。黃鼬在山窪附近找到一個樹洞。那是一棵遭了雷擊的老榆樹，只見燒成黑色焦炭的枝椏刺向藍天，像個張牙舞爪的怪物。樹洞一半埋在根部一半高出地面，十分隱蔽。黃鼬叼著灰滿的頸皮在前面拖拽，費了好大勁才雙雙爬進洞去。總算有了個遮風擋雨的窩。

每天清晨，黃鼬便踏著熹微晨光外出覓食。黃鼬的狩獵技巧也實在太差勁了，常常在森林裡奔波忙碌了一天，才帶回來兩隻山老鼠。在狼的食譜裡，山老鼠排列末等，就好比人類的五穀中地瓜的價值。不是餓得慌了，即使山老鼠跳進狼嘴，也不耐煩去品嘗的。已到了桃花流水鱖魚肥的春天，日曲卡山麓熱鬧非凡，冬眠在地下的動物被驚蟄雷聲驚醒了，南遷的鹿群羊群和候鳥們開始陸陸續續返回老家，嫩綠的草地上隨處可見新鮮的鹿糞聞到濃重的羊膻味。日曲卡山麓變成品種繁多貨源豐盈的肉食倉庫，對狼來說，這是一年裡頭最好的黃金季節。春天是沒有飢餓的，狼在嚴酷的冬季被熬瘦了的身體全指望在桃紅柳綠的春天裡進補。可是，灰滿幾乎頓頓都吃這倒胃口的山老鼠。有時偶然運氣好，黃鼬撿回一塊被冰雪整整泡了一個冬天的陳年腐肉，算是改善伙食了。

一個月下來，灰滿瘦了整整一圈，肩胛和肋骨都支稜出來，看上去就像一張狼皮裹著一堆狼骨。濃密的狼毛大把大把脫落，色澤也由烏紫褪成淡灰，不再像蓄滿雷霆雨雪冰雹的烏雲，倒像一柱輕飄的炊煙。傷口倒是徹底痊癒了，斷肢觸碰到地面，也漸漸不覺得疼痛。牠能站起來了，站起來卻比不站起來更尷尬。右邊的兩條腿比左邊的兩條腿短了兩寸，整個身體不由自主的朝右邊歪仄傾斜，不雅觀就不說了，一邁步就搖搖欲墜，走不到三步就跌倒在地。這四隻長短不齊的狼腿，要是走在陡峭的山坡，利用地勢的落差與斜面，右邊這兩條腿倒正好與左邊這兩條腿一樣整齊，走起來也不會趔趄，可牠沒法讓世界所有的路都變成右斜坡的。狼就是再進化一千年也不可能爲自己製造假肢。牠只有將四隻膝蓋跪在地上，身體才平衡，才不會跌倒。但這樣一來，肚皮很難不摩擦地面，走起路來比烏龜爬還慢。

那天，黃鼬到山下的草甸子覓食去了，灰滿在樹洞裡憋得難受，便爬出洞去呼吸新鮮空氣。樹洞旁有一小片野蕁麻，泡在嫩黃的蕁麻叢裡晒晒春天的太陽，既隱密又愜意。就在這時，一頭母崖羊領著一隻小羊羔從老榆樹背後轉出來，跑到離蕁麻二三十步遠的草地裡。這是一片碧綠鮮嫩被羊視爲珍饈佳肴的馬鹿草。野蕁麻擋住了母崖羊的視線，背著風母崖羊也嗅不到灰滿身上那股刺鼻的腥騷味。

灰滿處在下風口，那股迷狼的羊膻味鑽進牠的鼻孔，饞得牠直流口水。要是牠四肢完好，不，只要牠三隻爪子是完好無損的，憑著現在這個有利地形，這隻長著一身淺棕色絨毛，肚皮上那根黑色臍線還沒脫掉的小羊羔子絕對就是送到狼口的肉。牠只要突然從蕁麻中猛躍上去，朝母崖羊狂嗥一聲，趁母崖羊驚駭愣神的當兒，來個聲東擊西，就可以輕而易舉的收拾掉羊羔。羊羔的頭頂沒有讓狼頭痛的尖角，柔嫩的喉管就像用油脂做成的，一咬即化。等母崖羊反應過來是怎麼回事，小羊羔早就倒在血泊裡了。說不定還可以來個順手牽羊，把母崖羊也撲倒了。可現在，除非把小羊羔捆綁起來，牠灰滿是連根羊毫也撈不到的。

羊羔大概吃飽了，黏在母崖羊身上，細柔的脖頸在母崖羊背上廝磨，又磨出許多容易讓狼想入非非的羊膻味。看著鼻饞嘴饞眼饞心饞，卻無法捉來解饞，對灰滿這樣心高氣傲的大公狼來說，真是一種難以忍受的折磨，一種天底下最嚴厲的酷刑。

既然自己沒能耐咬斷羊羔的脖子，乾脆把牠們嚇唬走算啦，灰滿想，眼不見心不煩嘛。牠歪歪的站起來，顛顛躓躓的走出野蕁麻，噢地朝那對羊母子嗥叫一聲，同時也噴濺出去一股野狼血腥的氣流。

咩，母崖羊驚跳起來，撒腿就跳。小羊羔驚慌的跟在母崖羊屁股後面。母崖羊跑出十幾丈遠，突然急遽轉身低頭亮出一對彎刀似的羊角作抵架狀。這是母崖羊遭遇野狼的一種經驗性反應。一般情況下，此時野狼差不多快撲到小羊羔身上了，母崖羊要用羊角遏制狼殘忍的噬咬，以掩護羊羔逃遁。

灰滿既不會撲，也無法咬，還站在蕁麻地前。蕁麻地平平坦坦，牠身體傾斜，無法掩飾自己歪仄的站立姿勢。

母崖羊眼神由驚慌變得驚奇，滴溜溜在牠傾斜得十分厲害的身體上打轉。灰滿火冒三丈，又扯緊脖子嗥了一聲。這頭善於察言觀色的母崖羊只是反射動作的朝後跳了一步，整個身體呈一種拔腿逃躥的姿勢，羊頭卻扭轉向著牠，那雙賊忒兮兮的羊眼上下左右全方位的打量牠失衡的身體，大有看不穿祕密絕不罷休之勢。

灰滿又聲嘶力竭的發出一串嗥叫。

這次更糟糕，母崖羊索性收起了拔腿欲逃的姿勢，羊頭扭正，面對面佇立在離牠十幾步遠的地方。這長著大彎角的山精靈，一定是看出牠殘疾的缺陷來了。瞧那雙羊眼，已沒有驚恐惶惑，寧靜得就像一潭秋水。

你是什麼玩意兒，狼的食譜，聞見血腥就會暈倒的羊，竟敢在狼面前不逃之夭夭！灰滿氣得狼血衝上腦門，一瞬間忘了自己是匹四條腿長短不齊的殘狼，猛力一蹬，撲躥過去想教訓教訓這隻不自量力的該死的母崖羊。牠確實也躥出去了，卻十分可憐的躥出兩尺遠，更糟糕的是，由於兩條腿長短參差不齊，力點不均勻，撲躥的角度歪得離奇，身體在空中不由自主的旋了半個圈，不像是直線撲向母崖羊，倒像在跳歪腳舞。四爪落地，又沒辦法站穩腳跟，滾了兩個筋斗。牠那殘疾的缺陷和尷尬在羊的面前暴露無遺。

母崖羊褐色的瞳仁裡閃過一道譏誚的光，用沉穩的咩聲把小羊羔喚到身邊，大模大樣的走回那塊翡翠般碧綠的草地，得意的啃食著馬鹿草。

對灰滿來說，這無疑是一種挑釁，一種忤逆，一種食草動物對食肉動物的犯上作亂。牠覺得自己狼的尊嚴受到了傷害。牠咆哮著連滾帶爬的追趕母崖羊。母崖羊似乎是有意要踐踏牠的自尊心，羊臉似笑非笑，沒有一點恐懼表情，待牠氣喘吁吁的滾到羊蹄前，便輕盈的踏著碎步避開，好像在玩捉迷藏的遊戲。連小羊羔也似乎學會了怎樣戲弄牠，靜靜的臥在草叢中，不急不躁，等牠曲著四隻膝蓋爬到面前，突然一個魚躍從草叢中蹦起來，跳到牠可望而不可即的地方。

不一會兒，灰滿累得筋疲力盡，口角泛著白沫，像坨稀泥似的癱倒在地上。

母崖羊在草地上吃得肚子溜圓，才領著小羊羔從容不迫的離開了山崖。

七

黃鼬嘴裡叼著一圈腸子，踏著夕陽興沖沖的回窩來了。這圈牛腸雖然顏色泛白，已不那麼新鮮了。但還沒有腐爛發臭。這是近兩月來最好的伙食。天曉得這小賤狼是怎麼弄到這圈牛腸的，也許是山民殺牛後扔棄不要的垃圾，也許是虎豹吃剩的下水。小賤狼得意洋洋的把牛腸吊到灰滿的嘴邊。

灰滿把頭扭開了。

牠不想吃，牠氣都氣飽了。可惡的母崖羊和小羊羔讓牠明白了這樣一個殘酷的現實：牠的傷口雖然養好了，但牠這一生還是完蛋了。

牠只能靠黃鼬捉來山老鼠或撿來腐肉才能苟活，牠只能窩在這個黑駿駿的樹洞裡過一輩子。牠不是蚯蚓不是螻蟻不是地狗子不是土鱉蟲不是土撥鼠不是穿山甲，不習慣整天窩在洞裡頭；牠也不是鬣狗和禿鷲，只要有一點腐肉就滿足了。牠是狼，牠天生喜歡瞪著那雙讓食草動物心驚膽戰的白眼，到廣袤的草甸子追逐鹿群，到陡峭的山峰去造訪羊群，牠喜歡看羊被狼牙叼住喉管後的蹦躂躥跳，那是鮮活的被卸成肉塊前的最後輝煌，如舞如蹈，驚心動魄；牠喜歡嗅聞被濃烈的血腥味熏醉的空氣，如蘭如麝，賞心怡神。看來，這樣的生活跟牠灰滿是徹底絕緣了。唉，連母崖羊和小羊羔都敢譏諷牠戲弄牠，牠還算是匹狼嗎？這樣窩窩囊囊的活著，還眞不如死了好。

一顆狼心正在沉淪，還會有食慾嗎？

不知趣的黃鼬以爲牠是在客氣謙讓，又朝前跨進了一步，把牛腸子再次移到牠的嘴邊。

噢，灰滿背毛聳立，朝黃鼬嗥了一聲。吃，吃，吃什麼！

黃鼬眞是天底下最笨的狼了，還想要炫耀自己今天的好運氣，拚命晃動嘴裡的那圈牛腸子。

一股無名火突然躥上灰滿的心頭。都是這小賤狼害的，牠想，要不是黃鼬節外生枝的來給牠敷藥療傷，牠早就凍死或者被虎豹咬死了，死了就一了百了，什麼煩惱也沒有，也不會被母崖羊和小羊羔奚落了。都怪這小賤狼多管閒事！牠怒從心頭起，惡向膽邊生，冷不防朝黃鼬肩胛上咬了一口。這可是眞咬，狼牙刺穿皮囊撕裂肌肉。

黃鼬哀嗥一聲，扔了牛腸子，驚慌不安的望著灰滿。牠肩胛上滴下一串紅瑪瑙似的血粒。

裝什麼委屈，灰滿從喉嚨深處吐出一串低嗥，這就是你多管閒事的下場。滾，快滾吧！這裡不需要你，滾得越遠越好！

黃鼬眞是匹怪狼，非但沒有夾著尾巴滾蛋，還涎著臉一步步靠攏來，神情悲壯，像是要與牠共生死同患難。狼嘴裡依哩嗚嚕，彷彿是在說，我知道你心裡苦，假如咬了我能給你解悶，你就咬吧，使勁的咬！那條溼漉漉的狼舌也伸了過來，像是要給牠灰滿舔去胸中的塊壘。

灰滿將狼嘴猛的朝黃鼬頸窩探去，角度正好，叼個正著。想來找死嗎？來吧，最好的陪伴就是陪葬。有個墊背的省得擔心做了狼鬼後孤寂寞。灰滿尖利的狼牙緊緊壓住黃鼬柔軟的喉管，感覺到了裡面熱血在奔流，只要再用點力，喉管就會發出破裂的脆響。小賤狼不掙扎，也不反抗，比兔子還乖順，直挺挺的讓牠咬。灰滿突然洩了氣，咬不下去了。狼雖然不是容易動感情的動物，但恩恩怨怨粗淺的道理還是懂的。牠無法否認，黃鼬所做的一切都出於好意。牠不是人類字典形容的十惡不赦的狼，可以恩將仇報胡咬一氣。再說，咬斷了黃鼬的喉管，也不能讓牠兩條腿重新長長，於事無補，幹麼這麼狠毒？

牠鬆開了嘴。

黃鼬抖抖凌亂的體毛，似乎很能理解牠的所作所爲，仍偎在牠身邊。趕不走的小賤狼，那就看著我絕食身亡好啦！灰滿不再理睬黃鼬，靜靜躺臥在榆樹洞外的野蕁痲裡。

灰滿不吃牛腸子，黃鼬也不吃，便宜了一群嗡嗡叫的綠頭蒼繩。

日落日出，星轉斗移，一晃就兩天過去了。

八

開始，灰滿腦子拐不過彎來，不明白黃鼬一個勁的臥倒在牠身體右側是什麼意思；黃鼬急切的叫喚著，牠也茫然不知所措。狼與狼之間互相交流，靠的是叫聲和身體語言。狼的叫聲雖然變幻莫測，能表達驚喜、恐懼、沮喪、絕望等複雜的感情，卻不能像人類那樣準確無誤的敘述事理。狼能用擺甩尾巴，搖晃頭顱，以及四肢、脖頸、脊背有節奏的定向動彈，來表達自己內心的意願，但身體語言畢竟是一種直觀含糊需要費心去破譯的低階語言。

牠聽著聒耳，看著也心煩，便爬開去。黃鼬又黏乎上來，頑強的繞到牠右側，繼續趴臥，繼續叫喚。

灰滿實在忍無可忍了。牠是匹窮途末路等待死神降臨的殘狼，哪裡還有心思來猜啞謎！牠側躺在地，揚起右側的兩條殘肢，猛力朝黃鼬踢蹬，是在喝斥，是在驅逐。黃鼬被蹬得翻了個軲轆打滾。奇怪的是，小賤狼不惱不慍，那雙憂愁的狼眼欣喜的亮閃，沒等牠灰滿把兩條殘肢收縮回去，嗖的一聲躥過來，矮小的身體鑽進牠的兩條殘肢下，倏的站立起來。灰滿身不由己，也被拉扯著站立起來。刹那間，一陣狂喜像電流般傳遍灰滿全身，牠發現，自己奇蹟般地平平穩穩的站立起來了！牠身體右側的兩條殘肢跨在黃鼬背上，殘肢的茬口到膝蓋約有一寸多長，就像兩支彎鉤，鉤住黃鼬的軟肋。黃鼬矮小的身體剛好像塊合適的墊腳石，使牠的身體左右保持了水平狀，牠不再是站不穩的歪狼，傾斜的世界重新又方正了。牠恍如夢中，簡直不敢相信這是眞的。

黃鼬在牠身體底下噢地發出一聲歡叫。牠現在懂了，黃鼬之所以一個勁的趴在牠右側，踢也踢不走，就是想讓牠跨在牠的背上平穩的站立起來。看來小賤狼還不算太愚蠢。

黃鼬的身體輕輕蹭動了一下，灰滿意會到，準備向前跨步走動了。牠緊張的瞅著黃鼬的腳，跟著黃鼬的節拍，朝前邁動自己左側那兩條健全的腿肢。牠和黃鼬身體貼著身體，六條腿跨向前去，一步、二步、三步……牠和牠在平整的草地上順利的走了三步。到底是剛剛起步，六條腿難以協調一致，才走出三步，黃鼬一步跨得太急了些，牠呼啦一下從黃鼬背上滑脫下來。世界又傾斜得不忍卒睹。但牠的情緒沒受影響，不管怎麼說，牠找到了使自己重新平穩的站立起來，並重新平穩的向前邁進的辦法。良好的開端，往往就是成功的一半。

突然，灰滿覺得自己肚皮咕嚕咕嚕叫。難以忍受的飢餓感襲上心頭。牠有希望活下去了，牠要進食啦。牠大口大口吞嚥著兩天前黃鼬撿回來的那圈牛腸子。牛腸子被太陽晒蒼蠅叮的，已經腐臭了，但牠卻吃得十分香甜。

黃鼬高興得嗚噢嗚噢叫。

九

練習兩匹狼頭並頭身貼身六條腿協調一致的走路，比想像的還要艱難一百倍。

雙雙平穩的站立起來很容易，在平整的草地上用六條腿蹓躂也不算難。但這是遠遠不夠的。狼不是紳士，可以永遠優閒的在平地上踱方步。是狼就要奔跑，要跳躍，要撲躥。日曲卡山麓有平整的草地灘塗，更多的卻是崎嶇的山路和凹凸不平的山坡，還有隱沒在荊棘裡的鹿道和掛在峭壁上的羊道。從某種意義上說，狼的世界沒有平坦大道。灰滿知道，自己必須學會走荒漠的路，必須學會在險象環生的山道疾速奔跑，才算是眞正平穩的站起來了。

爲此，牠和黃鼬吃盡了苦頭。

在緩坡上疾速奔跑，兩個個體很難配合得天衣無縫，稍不留神，節奏就錯位，牠就不僅僅是從黃鼬背上無傷大雅的滑脫下來，猛烈的慣性使牠參差不齊的四條腿無法及時的煞住並站牢，牠像塊石頭似的拋出去，摔得鼻青眼腫。也不知失敗了多少次，兩個多月後，牠們總算可以在緩坡上奔馳了。但陡峭的懸崖又像鬼門關聳立在牠們面前。

開始攀登懸崖，六條腿艱難的在坑坑窪窪的陡壁間躍動，雙方彈跳的力度難免有些差異，灰滿一下子被黃鼬從背上顛下來，滾下陡壁，背上被銳利的岩角劃破了一條口子，流了不少血。狼如果攀不上懸崖，永遠也休想喝到滾燙的羊血。傷口還沒癒合，灰滿又咬咬牙去登懸崖。這次是走掛在山腰上的一條羊腸小道。牠貼著絕壁，黃鼬沿著邊緣；小道太窄了，只有一頭羚羊寬；雙狼並行，擁擠不堪。黃鼬右側那兩隻腳爪儘量往裡收縮，才沒踩空掉下去。牠們小心翼翼的並肩行走著，突然，絕壁一叢野紫槿中飛出一隻班鳩，冷不防從灰滿眼前掠過，牠一驚，本能的躲了一下，身體在絕壁上蹭了蹭，黃鼬立刻就被擠出羊腸小道，跌了下去。幸好懸崖不太深，只有兩三匹狼疊起來那麼高，不然的話，準摔成肉醬。但就這樣高，懸空掉下去，也著實摔得夠嗆，砰的一聲，黃鼬身體砸在板結的山土上，好半天叫不出聲來。鑽灌木叢，更是一種殘酷的折磨，雙體並行面積擴大了一倍，也就招來成倍的毒刺。狼毛拔脫，狼皮撕碎，身上還會釘滿毒刺，猶如被黃蜂螫叮，紅腫疼痛十分難受。有兩次灰滿在灌木叢中被棘刺犁破了眼皮，眼眶裡灌滿血，世界都變成了模糊的紅……

灰滿雖然是意志堅韌的狼，也受不了這份磨難。失敗、失敗、再失敗，牠的信心終於垮了。牠懷疑自己跨在黃鼬背上，是否真的能恢復正常狼的活動能力。假如千辛萬苦後，仍然不能攀懸崖鑽刺窠走羊腸小道，還是一匹殘狼，殘狼一匹，這一切苦不等於白吃了嗎？在又一次從陡坎上滾跌下來後，灰滿徹底心灰意冷了。牠覺得自己的努力已經達到了極限，黃鼬充其量不過是義腿假肢，再怎麼努力也不可能改變自己殘狼的命運。罷罷罷，莫莫莫，休休休。牠躺在地上，任憑黃鼬怎麼叫喚，怎麼伏臥在牠右側用身體語言招呼牠跨上背來，都不予理睬。牠累極了，不願再作徒勞的努力。黃鼬的叫聲漸漸粗魯起來，低嗥咆哮，用狼爪不停的扒搡牠，催促牠站起來。牠索性合起眼皮，裝睡耍懶。突然，牠覺得腿彎一陣刺痛，睜眼一看，是黃鼬在噬咬牠。這一口咬得還挺重的，腿彎烙起一排齒痕。牠被咬得性起，怒嗥一聲，狠狠在黃鼬腹部回敬了一口，以牙還牙，是狼的信條。黃鼬身體抽搐了一下，喉嚨深處發出咕咕嚕嚕的呻吟，但並沒跳開去，仍頑強的伏臥在牠右側。

灰滿又無所作爲的躺下了。

噢——黃鼬聲嘶力竭的長嗥一聲。

黃鼬是古戛納狼群中的賤狼，在灰滿的印象裡，從來就是低眉順眼的一副可憐相。可此刻的黃鼬，齜著尖牙，凶相畢露，兩隻狼眼瞪得溜圓，眼角吊向額角，含著殺機；狼尾平平抬起，在空中作扇狀搖動，那是古戛納狼群特殊的身體語言，表達著內心的輕蔑與嘲弄，配上那套在狼舌和利齒間翻捲的咕咕聲，就是在作侮辱狼格的辱罵：你枉披了張狼皮，你簡直就是懦夫、懶漢、膽小鬼！你血管裡流動的不是狼血而是羊尿！

一瞬間，灰滿像跌進火山岩漿般難受。牠曾經是狼酋，雖說殘廢了，但狼酋的自尊尚在。橫豎一死，怕什麼。小賤狼，我要讓你看看我血管裡流的到底是狼血還是羊尿！牠賭氣把兩條殘肢勾搭上去，尖稜狀的內茬狠命勾住黃鼬背部的軟肋，恨不得能穿透狼皮嵌進狼肉裡去。小賤狼肯定被勾痛了，嚕咘嚕咘不住呻吟，但身體絲毫沒有掙動。好哇！算你凶。你不是不怕疼嗎？你不是非要我跟你攀登懸崖嗎？就成全你好了，讓你嘗盡個中滋味！灰滿發狠的策動黃鼬朝落羊崖跑去。光聽落羊崖這名便可猜出這座山崖的陡峭與險峻，山壁上有條兩公尺高的石坎，布滿了活動的鱗狀石片，連崖羊稍不留神都會跌落下來，更何況是殘狼！跌牠個粉身碎骨算啦！灰滿想。踏上懸崖，牠扭轉脖子一口叼住黃鼬的後頸皮再也不鬆嘴。殘肢摳進軟骨，狼牙咬住頸皮，黃鼬想把牠從背脊上甩下去都不行了，永遠也不會滑脫，除非雙雙墜進深淵。同歸於盡大概比單個死去要舒服些罷。灰滿想。

灰滿邪惡的心態倒無意中幫了牠的大忙，尋找到了一個在複雜地形下雙體並行的訣竅。叼住後頸皮就像馭手抓緊了轠繩，殘肢用力摳進軟骨就像騎手雙腿夾緊了馬肚子。兩匹狼就像黏合成一匹了，六條腿很順溜的翻過一道道石坎，不一會兒便登上山頂。

站在山頂，底下是連綿的群山和起伏的林濤，天邊有一輪紅日。極目遠眺，大山的褶皺間白蟒似的古戛納河由西向東蜿蜒，有無數小黑點在河谷間移動，那一定是正在奔馳的鹿群。山風浩蕩，把灰滿全身的狼毛吹得凌亂，更顯得雄姿英武。牠久久佇立山頂，體味著征服的快感和再生的喜悅。牠攀上了正常的狼都望而生畏的落羊崖，牠贏了。

黃鼬的後頸被咬裂了，滲出一滴滴血珠，順著頸上的狼毫緩慢的滾動著，就像戴著一串瑪瑙項鍊。

灰滿心裡油然產生一絲內疚和愧怍。

經過夏秋兩季的努力，灰滿和黃鼬雙體並行已演練得十分嫻熟。在平地上，灰滿只須將兩根殘肢輕輕勾在黃鼬身上，便可六條腿錯落有致的疾行。攀登懸崖峭壁，牠一口叼住黃鼬的頸皮，兩個身體便緊緊黏合在一起。走羊腸小道，路面過於狹窄時，牠索性整個身體騎在黃鼬背上，穩當得就像一流騎手騎在一匹聽話的馬身上一樣。鑽灌木叢，也像走羊腸小道，所不同的是，牠騰出兩隻前爪扒開攔路的葛藤荊棘，比獨狼單行還要利索些。

雙方配合得越來越默契，灰滿只要一抬腿、一眨眼、一顫耳翼、一掃尾巴，黃鼬就心領神會，曉得該走該停該臥伏該跳躍該躥撲。心有靈犀一點通。好像天生就是匹連體狼。

也不知是身體適應角色的變化，還是角色引導身體異化，黃鼬的身體不再往高處長，而是橫向擴展，四肢粗壯有力，腰圍變粗並向下微墜形成一條弧線，就像一具天然馬鞍。右背軟肋被勾出兩隻馬蹄形小凹坑，深得能蓄住雨水。後頸皮也長出一塊厚繭，粗糙韌實。

那天，灰滿跨著黃鼬在山坡上奔跑，突然前面一叢曼陀羅裡蹦出一隻長耳朵兔子。灰滿兩眼放出綠光，策動黃鼬猛追上去。長耳朵野兔後肢比前肢長一倍，善蹦跳，速度不亞於狼。野兔還挺狡猾。逃命時兩隻劍麻葉似的長耳朵貼在腦後，憑著靈敏的聽覺，不用回頭，即可聽清背後捕獵者的動靜，聽到捕獵者快追上來了，冷不防斜刺拐彎，捕獵者被慣性衝出老遠，等扭過頭來再追，彼此的距離已拉得很大了。在狼群中只有出類拔萃的大公狼才有可能隻身捕捉到長耳朵野兔。單獨一匹母狼和草狼望見兔子，儘管饞得流口水，也只能望兔興嘆。

灰滿跨在黃鼬背上，在平緩的山坡上追了老半天，也沒能得手。有好幾次眼看就要咬到短短的兔尾巴了，狡兔突然斜刺轉彎，狼牙便咬了個空。黃鼬已累得吭哧吭哧直喘粗氣，用眼光要求牠停止追攆。

灰滿不願半途而廢。大半年來，牠天天像鬣狗那樣撿食腐肉，或者像貓頭鷹那樣嚼山老鼠，早吃膩了，吃得倒了胃口，好不容易遇到一頓候補美餐，豈肯輕易放棄。更重要的是，牠吃盡苦頭跨在黃鼬背上學走路學奔跑學爬坡學鑽灌木林學攀登懸崖峭壁，究竟爲的是啥呢？還不就是爲了能像正常狼那樣闖蕩山林追逐獵物！牠覺得眼前這場獵兔既是對所付出心血的一種本利回收，又是一場嚴峻的生存考驗。追不上這隻狡兔，牠死也不會瞑目的。牠將兩根殘肢毫不留情的摳在黃鼬軟肋拚命朝前牽拉，快追，快追，這是一次命運的賭博，只能贏不能輸！黃鼬口吐著白沫，竭盡全力狂奔著。又快咬著兔尾巴了，灰滿看見野兔長耳朵尖朝左扭曲，經驗告訴牠，狡兔又要故技重演斜刺拐彎了，野兔的長耳朵在躥躍時還起著舵的作用，可以使快速奔躥的身體在急遽拐彎時保持平衡。兔耳朵尖朝左扭曲，預示著野兔朝左猛拐。可是窺測出野兔的企圖又能怎樣呢？牠不能策動黃鼬來個提前拐彎的，野兔的聽覺比狼靈敏得多，牠和黃鼬提前左拐，狡兔肯定就不拐彎了，這一來輸得更慘。怎麼辦？

黃鼬背上已汗溼了，狼的汗腺極少，一般是不出汗的，一旦出汗就是快累得虛脫了，這一口再咬不到該死的野兔，黃鼬就沒有力氣再繼續追攆，將前功盡棄。要是兩匹狼分頭追就好了，前後夾擊，或左右包抄，兔子即便再生兩條腿也難逃厄運。牠和黃鼬是兩匹狼，遺憾的是無法拆開分頭行動。拆開，灰滿腦子裡突然爆出一個亮點，牠和黃鼬是組合在一塊的雙體狼，能組合爲啥不能拆開？併起來是雙體狼，拆開就是兩匹狼。爲了生存，值得冒險去試一試。

吱溜，野兔果然朝左斜刺拐彎。

可憐的黃鼬，還照直奔跑；害狼不淺的慣性喲！

灰滿已有準備，在狡兔斜刺拐彎的一瞬間，左側兩條健全的腿在地上猛蹬，右側兩條殘肢在黃鼬背上猛蹬，牠的身體從黃鼬身上脫離開了，一分爲二，奇妙的拆開，起跳、撲躥、攫捉、噬咬，猶如向左前方撒去一張灰色的天網。

狡兔作夢也想不到一匹雙頭怪狼怎麼突然間變成兩匹狼了。牠的長耳朵再靈敏，也聽不出組合狼的奧祕。牠懵裡懵懂的被壓翻在狼爪下。

長耳朵野兔拚命掙扎著。灰滿四條長短不一的狼腿站立不穩，只好咬著兔子在地上打滾，被慣性衝出老遠的黃鼬趕來了，很快咬斷了兔子的喉管。

灰滿喝著滾燙的兔血，高興得連聲嗥叫。自從牠傷殘後，還是第一次吃到除山老鼠外的鮮活食物；更要緊的是，能逮著兔子，說明牠灰滿能像正常狼那樣撵山狩獵，不再是要靠黃鼬去撿食腐肉來養活的殘狼。似乎還有一個意外的收穫，關鍵時刻牠還能從黃鼬身上拆開去。牠朦朦朧朧感覺到這個拆開的動作是很有價值的，如進一步修正完善，牠從天空撲咬，黃鼬在地面攻擊，天上地下，不就是一種新穎獨到聞所未聞的立體撲擊嗎？

牠激動得渾身戰慄。

十一

金色的秋天一晃就過去了，日曲卡山麓楓葉如火如霞。早晨，草葉覆蓋了一層白紗似的清霜。冬天就要來臨。按照狼的生物屬性，每到冬天飄泊在外的流浪漢都要歸到群體中去。灰滿跨著黃鼬，離開了榆樹洞。

十二

踏著初冬的第一場雪，灰滿回到了闊別大半年的古戛納狼群。

狼群是個等級森嚴的社會，大致可劃分七個台階的地位層次。第一等當然是狼酋，第二等是出類拔萃的大公狼，第三等是成年母狼，第四等是老狼，第五等是狼崽，第六等是智力低下的或有某種缺陷的草狼，第七等是誰都瞧不起的賤狼。狼的社會地位的分布狀況不是寶塔形，而是橄欖形，兩頭尖，中間大。狼酋只有一個，賤狼也是個別，中層階級居多數。

灰滿一回到狼群就面臨一個地位歸屬的問題。牠不乏自知之明，牠想，自己雖然曾經是狼酋，但已遜位，脫離群體有大半年時間了，現任新狼酋肉陀在此期間已在狼群中建立了足夠的威信，絕對不肯把狼酋位置輕易交給牠的。一群狼裡不可能並列兩匹狼酋。但牠認爲自己雖然說斷了兩隻腳爪，卻已能跨在黃鼬背上行走如常，還能逮著野兔，沒有掉價，討不回狼酋的位置，起碼也應當躋身在出類拔萃大公狼這個階層。對此牠篤定泰山，充滿信心。

事實卻給了牠攔腰一棒。形容人遭受到意料不到的突然打擊，說是當頭一棒，因爲人腦殼薄脆，頭上挨一棒，不死也要傷。將當頭一棒套用到狼身上，就會鬧出笑話，因爲狼是銅頭鐵腿麻桿腰，頭上挨一棒，不會腦震盪；但假如麻桿腰上挨一棒，就會變成斷腰狼。

灰滿確實像挨了攔腰一棒，夥伴們都用憐憫、同情、好奇和鄙夷的眼光打量牠，看牠跨在黃鼬背上，就把牠看作是黃鼬的附庸，黃鼬的寄生。不僅出類拔萃的大公狼們粗暴的把牠排斥在外，母狼對牠也不屑一顧，老狼也羞於與牠爲伍，連草狼都同牠劃清界線。牠的地位一落千丈，和黃鼬畫了等號，成爲狼們所看不起的賤狼。獵獲到食物，牠和黃鼬只能站在爭食的狼圈外，眼巴巴望著新狼酋肉陀和其他狼按等級秩序吃飽後，才輪得到牠去撿食骨渣皮囊。夜晚宿營，牠和黃鼬毫無例外的被驅趕到頂風的洞口或危險的樹林邊緣。有一次在山道上行走，牠不慎推倒了小狼崽阿嚏。阿嚏是母狼曼曼灌了口涼風打了個噴嚏鑽出產道的，因此得了這麼個奇怪的名字；阿嚏不過被撞得在草叢裡摔了個跟頭，擦掉幾撮狼毛罷了，曼曼卻惡狠狠的朝牠咆哮。灰滿想起自己當狼酋時，曼曼正腆著大肚子，那天半夜牠一覺醒來想撒尿，剛起身便踩著一個軟綿綿圓鼓鼓的東西，腳爪下爆發一聲慘嗥，牠吃了一驚，閃了個趔趄，低頭仔細一看，黑咕隆咚的原來是踩著孕狼曼曼的肚皮了。曼曼看清是牠，慌忙站起來舔牠的腳，好像不是牠灰滿踩痛了牠，而是牠曼曼睡得不是地方妨礙了灰滿。如今牠不過是不小心撞著阿嚏一下，曼曼就翻臉不認狼，像訓斥一條癩皮狗似的朝牠嗥叫。

還有一次，牠捉到一隻青蛙，剛要往嘴裡送，那匹名叫馬尿泡的老狼冷不防從背後躥來，一口就從牠嘴裡搶走了青蛙。馬尿泡算什麼東西嘛，已老得上顎門齒全部脫落，臼齒鬆動，爪子磨平，唇鬚像枯草似的焦黃曲蜷，風燭殘年，活脫脫一堆禿鷲糞便；人把差不多快黃土蓋臉的老者喻為棺材瓤子，狼死了不睡棺材，自然天葬，禿鷲是森林最勤快最忠於職守的殯葬工，因此把老狼喻為禿鷲糞便。灰滿想起自己是狼酋時，馬尿泡撿到一窩野雉蛋，殷勤的把蛋叼到牠面前，奉獻給牠。而現在，馬尿泡竟敢從牠口中搶食了！

傷心的事遠遠不止這些。

十三

這天下午，狼群在日曲卡山腳下一塊草甸子發現一群綿羊。綿羊肉比崖羊肉更肥膩可口，遺憾的是，一個背著雙筒獵槍的牧羊人和一條白色牧羊狗守護著羊群。狼群埋伏在遠遠的樹叢裡，貪婪的覬覦著肥羊，卻遲遲不敢出擊。牧羊犬高大凶猛，更讓狼望而生畏的是那支在陽光下晃動著藍幽幽光澤的雙筒獵槍，兩根槍管都會噴火閃電，霰彈呈錐形罩過來，比狼腿快一百倍，比狼牙厲害一千倍。可狼群又捨不得放棄這些肥羊，時令已進入冬季，食物匱乏，都餓得慌呢！

灰滿跨在黃鼬背上，躲在一叢斑茅草後面，透過草葉的縫隙望著草甸子裡的綿羊，饞得口水大股大股從喉嚨裡冒出來。

突然，肉陀像從地下冒出來似的站在牠面前，尖尖的唇抵動牠的腿彎，狼臉示意的朝草甸子偏仄，白眼裡冷冰冰的視線在牠和羊群之間來回逡巡。灰滿明白，肉陀在命令牠去把牧羊人和牧羊狗引開。

這是狼群想偷吃綿羊時常用的調虎離山的戰術，先派遣一兩匹狼佯裝向羊群襲擊，引誘牧羊人和牧羊狗朝牠們追攆，等牧羊人和牧羊狗遠離羊群後，埋伏在隱蔽處的狼群呼嘯一聲撲向羊群，等牧羊人和牧羊狗發現上當，返回羊群來救護，已經晚了，狼群已咬翻並叼著幾頭肥羊逃之夭夭。

擔當引開牧羊人和牧羊狗重任的狼，當然就是誘狼。

灰滿像掉進冰窖似的全身發冷。牠很清楚扮演誘狼的角色將意味著什麼。草甸子無遮無攔，誘狼直接暴露在牧羊人的槍口下，牧羊狗狗仗人勢，會使出渾身解數糾纏著誘狼不放；當狼群叼走肥羊後，牧羊人往往老羞成怒，窮追不捨，非要把誘狼置於死地而後快。灰滿不願做誘狼，倒不是害怕做誘狼凶多吉少。牠不怕死，對狼來說，生存就是一連串的風險。要吃到綿羊，除了誘狼也沒有其他更好的法子。牠感到委屈和憤懣的是，肉陀竟然不挑老狼去擔當誘狼，偏偏選中牠！

這不符合古戛納狼群的行爲規範。

過去也曾遇到過類似這樣的事，一般來說，都是由門齒脫落的老狼去當誘狼。表面理由是，老狼飽經風霜，一生中曾與牧羊人和牧羊狗打過無數次交道，歷練頗深，經驗豐富，容易勝任。但更深層的涵義卻是，誘狼是椿九死一生的買賣，讓生命之火行將熄滅的老狼去幹，就算有個閃失，對群體來說損失也不算大。

每一匹狼都很明白其間的奧妙。

古戛納狼群並不是沒有風蝕殘年的老狼，恰恰相反，禿鷲糞便還不少呢，庫庫、馬尿泡、白尾巴……肉陀指定牠灰滿擔當誘狼，等於當眾給牠的地位定了性：牠是匹殘狼，生命的價值比禿鷲糞便們還低一等。

絕不能俯首聽命去當誘狼，灰滿想，如果牠屈服肉陀的淫威，等於承認自己是一錢不值的殘狼。牠擰著脖子，站著不動。

肉陀威嚴的眼光盯著牠，喉嚨深處發出一串低沉的詛咒。霎時間，所有的大公狼都聚攏來，朝灰滿齜牙咧嘴，一雙雙狼眼隱含著殺機。

灰滿忍不住打了個寒噤。牠明白自己的處境，肉陀是狼酋，有權挑選誘狼，牠不幹，就是違抗命令的叛逆，就是犯上作亂的賊子，是要受到血的懲罰的。狼群已圍了上來，牠再猶豫，會被無情的撕成碎片。牠不願去當誘狼，但更不願意屈死在夥伴的爪牙下。牠別無選擇。牠只好懷著深深的屈辱，策動黃鼬鑽出樹林跑進草甸子。

眞是不幸中的大幸，牧羊人不是滿臉落腮鬍子額上刻著年輪般深深皺紋的老獵手，而是臉蛋光滑得像只雞蛋性情浮躁缺乏叢林狩獵經驗的少年郎。灰滿還離得老遠，他就慌忙開槍爲自己壯膽。他的槍法同他的年齡一樣稚嫩。當灰滿假裝中彈，從黃鼬背上落下來，瘸著腿顛顛躓躓哀嚎著逃跑時，他立刻就被假象迷惑了，眞以爲自己已成了百發百中的神槍手，歡呼雀躍，興奮陶醉，策著馬追攆過來。更可笑的是，他竟然收起雙筒獵槍，改用長長的套杆，來套牠灰滿的脖子。他大概看牠步履維艱，歪腳歪身，以爲很輕鬆就能擒捉住。也有可能這個正處於虛榮心膨脹的年齡階段的牧羊少年一門心思要逮匹活狼好回寨子去炫耀，這使得灰滿幾乎不費吹灰之力就達到了把牧羊人從羊群中引開的目的。

眞是不幸中的大幸，那條白色牧羊狗是個四肢發達頭腦簡單的傢伙，汪汪狂吠著，朝黃鼬窮追猛攆，求勝心切，恨不得立刻咬死黃鼬好向主人邀寵討賞。黃鼬雖說在同類中是平庸之輩，但怎麼說也是狼，在山野裡比牧羊狗總要跑得快些。

也多虧牠急中生智，假裝中彈負傷。牠本來四條腿就長短不齊，角色天然逼真，沒有破綻。也多虧黃鼬配合默契，在牠快被騎馬的牧羊少年追上，那根用野牛筋圈成的套杆在頭頂晃動，眼看就要落下來時，黃鼬突然一個急轉彎，甩脫了愚蠢的牧羊狗，奔到牠眼前，貼近牠右側，牠兩條殘肢熟練的往上一跨，眨眼間，蹣跚倉皇的殘狼變成了行走如飛的雙體狼，一下子和奔馳的馬、吶喊的人、狂吠的狗拉大了距離。牧羊少年如夢初醒，扔了套杆，想重新使用雙筒獵槍，已經遲了；從背上卸下槍來需要時間，裝填子彈也需要時間；在顛簸的馬背上瞄準正在疾奔的狼，談何容易喲。當雙筒獵槍再度扣響時，牠跨在黃鼬背上已逃到一大片灌木叢前。也多虧牠和黃鼬練就了鑽灌木叢的絕技，牠咬住黃鼬的後頸皮，騎在黃鼬背上，兩隻前爪飛快扒開攔路的葛藤荊棘，很快在密不透風的木叢鑽開一條彎曲如迷蹤般的甬道。

這時候，即使換一位臉上有鬍鬚額上有皺紋的老獵手，即使換一條讓狼聞風喪膽的獵狼犬，也回天乏術，不可能扭轉敗局了。

灰滿剛鑽進灌木叢，背後的草甸子便傳來羊的哀咩和狼的嗥叫，驚驚咋咋，棲棲遑遑。灰滿雖然看不見，但聽聲音可以感覺到，這是一場肆無忌憚的擄掠和屠殺。灌木叢外響起馬的嘶鳴，由近而遠，還響起狗狺狺狂吠，毫無疑問，發覺自己上當受騙了的少年牧羊人和牧羊狗正懊悔得捶胸頓足，急急忙忙回轉去援救那些毫無自衛能力的綿羊呢！這當然是徒勞的。

黃昏，灰滿跨在黃鼬背上疲乏不堪的回到狼群。收穫不小，共叼回了五頭肥羊。內臟和羊肉早被吃得一乾二淨，還剩下五只骨多肉少的羊頭，是留給牠和黃鼬的。雖說在這場精采的獵羊中，牠和黃鼬承擔的風險最大，功勞也最大，但狼不是按功勞分配，而是按地位分配的，牠和黃鼬是殘狼，留幾只羊頭給牠們啃啃已經算不錯的了。

黃鼬摟著羊頭啃得津津有味。黃鼬本來就是一匹自卑感很深的殘狼，有一口殘渣剩羹吃吃就心滿意足了。讓狼群排斥在爭食圈外也好，讓狼群驅趕到頂風漏雨的洞口過夜也好，被母狼曼曼惡聲惡氣的咆哮也好，被馬尿泡無端搶去青蛙也好，被不公平的指令去當危險的誘狼也好，黃鼬逆來順受，默默退讓，連憤懣的表情也不敢在狼臉上透露出一點來。

灰滿不行，牠雖然肚皮空癟癟的，但啃著羊頭，如同嚼咬木屑，品不出鮮美，倒有無限苦澀。牠曉得，今天自己皮肉沒受絲毫傷害就成功的把牧羊人和牧羊狗引開了，純屬僥倖。幸運不可能永遠伴隨著牠，假如牠不設法改變自己的地位，小命總有一天會玩完。退一萬步來說，就算古戛納狼群在狩獵中再也碰不到需要誘狼才能解決的難題，灰滿仍化解不開鬱積在心頭的這口悶氣。牠本是心高氣傲的狼酋，兩雙腳爪殘廢了，一顆雄心並沒沉淪。牠無法忍受賤狼的種種不平等待遇。狼酋和殘狼之間的反差太大，牠有種刻骨銘心的痛苦，一種強烈的失落感。要是早曉得回狼群後會被貶爲賤狼，還不如當初腳爪被野豬咬殘後暴死荒野呢！不行，牠不能聽任命運擺布，牠一定要設法改變自己的惡劣處境。

牠想，肉陀和其他夥伴之所以把牠看成殘狼，認爲牠是靠黃鼬才勉強活下來的廢物，把牠視作黃鼬的附庸和寄生。這是天大的誤會和曲解，也是千古奇冤。牠要用行動證明牠們都錯了。牠等待著能表現自我價值的機會。

十四

那隻橄欖色的樹鼩幫了灰滿的大忙。

雪霽天晴，狼群經過一片冷杉林，看見一隻長著松鼠般尾巴的樹鼩正騎在一棵幾圍粗的冷杉樹的橫杈上，掏食樹洞裡的鳥卵。

看來這是隻有相當生活閱歷的老樹鼩了，狼群經過那棵冷杉樹，牠並不驚慌，也不躲避，仍專心一志的掏著鳥卵。牠騎著的那根橫杈離地面約三公尺高。牠一定很了解狼的能耐，所以才敢如此傲慢的對待從樹下經過的狼群。狼群雖然是日曲卡山麓超一流的狩獵部落，卻有個無法克服的弱點和短處，就是不會爬樹。假如此刻從樹下經過的是隻山豹或猞猁，牠早就嚇得屁滾尿流爬上樹梢，利用樹梢細枝的柔韌與彈性，從一棵樹跳到另一棵樹，眨眼間便逃得無影無蹤了。

看得出這隻老樹鼩曾不止一次的和狼打過交道，早就摸清狼的底，曉得狼的躥高極限。出類拔萃的大公狼，也頂多能躥到二點五公尺左右的高度。待在三公尺的橫杈上當然很安全。

薄薄的陽光照在樹鼩身上，橄欖色的毛皮呈半透明狀，隱隱約約望得見殷紅的血漿和白嫩的肌肉。

狼們蹲在樹底下，貪婪的盯著樹鼩。樹鼩的血可以解渴，樹鼩的肉可以充飢。樹鼩雖然在狼的食譜裡算不上頭等佳肴，但肚子餓了，吃什麼都香甜。

幾匹大公狼不自量力的向冷杉樹橫杈躥跳，一個個撲空，連樹鼩毛都沒撈到一根。

新狼酋肉陀畢竟要聰明些，雖然也饞得伸直脖子乾嚥著唾沫，卻沒有向高高在上的樹鼩發動徒勞的攻擊。

豁嘴寶鼎滴著口水又愣頭愣腦的撲了個空，老樹鼩大概被吵得心煩了，暫停掏鳥卵，轉過那張尖細的鼠形臉來，朝樹底下的狼群瞪起一雙小眼珠子，凶狠的漂漂囂叫，四隻鼩爪在樹皮上咯吱咯吱磨礪摳動，齜牙咧嘴的，似乎準備跳下來同狼群一決雌雄。

狼群也大聲嗥叫起來，指望樹鼩被激怒後眞有膽量跳下來較量一番。

這指望當然落空。樹鼩才不笨呢，不會跳下來白白送死。牠無休止的在橫杈上重複那套準備跳下來噬咬的動作，無非是在拿狼開心罷了。

狼脖翹瘦，狼眼望穿，樹鼩仍在三公尺高的安全地域居高臨下向狼群撒播著仇恨與藐視。

狼們心也癢癢，爪也癢癢，牙也癢癢，卻又無可奈何。

肉陀算是明智的，看出如此僵持下去，只有白白浪費時間消耗精力，便長嗥一聲準備率眾撤離。

就在這時，灰滿萌發出一個念頭：躥上去把這隻可惡的樹鼩拉下樹來！牠覺得自己有可能會成功的。長時間和黃鼬雙體並行，牠早就發現黃鼬朝前奔跑時，有一股衝力傳遞給牠，使牠可以用七分力氣就跑得和正常狼竭盡全力時跑得一樣快。黃鼬這股衝力可資利用。當然，黃鼬別說躥到二點五公尺的高度，就是二公尺也很困難，下輩子也休想越到三公尺高的橫杈。但當黃鼬和牠並體躥到二公尺高時，牠跨在黃鼬軟肋上的兩條殘肢可以猛蹬黃鼬的脊背，讓黃鼬在二公尺高的空中當一次墊腳石。這就像在二公尺的空中搭了塊跳板，牠利用黃鼬傳給牠的那股衝力，進行再度躥高。牠當然不可能像正常狼在堅實的地面那樣再次躥到二公尺高的高度，牠或許只能踩著黃鼬的脊背，藉著黃鼬傳遞來的衝力，使自己的身體豎立起來，這也足夠了，牠身體有一公尺多長，加上第一次雙體躥躍的兩公尺，狼牙已能把樹椏叼著了。

牠興奮的低嗥一聲，用殘肢用眼神用心靈間神祕的交流和感應，告訴黃鼬自己的企圖。黃鼬望望牠，又望望冷杉樹橫杈上猖狂得意的樹鼬，醜陋的狼臉上浮顯出迷惘與恐懼，本能的往後退縮了一步，喉嚨裡咔嚕咔嚕響，那是在規勸牠放棄這瘋狂的念頭。

灰滿發熱的頭腦稍稍冷靜了些。再度躥高不過是牠即興發揮的一種靈感罷了，既沒實踐過，也沒演練過，牠實在沒把握能否成功。萬一在空中躥不起來，或者躥而不高，逮不著樹鼬，尷尬的摔落下來，那落地的姿勢肯定極不雅觀，會被眾狼認為是想吃天鵝肉的癩蝦蟆。牠從此再也休想改觀自己在眾狼心中的窩囊形象了。還有，黃鼬是否能在兩公尺高的空中禁得起牠猛力踹蹬也是個問題，萬一黃鼬被踹到地上跌斷了腿

骨什麼的，那就是殘上加殘等於雙倍廢物了。

要不，還是安分守己順著命運的河漂吧！

不！不！一種更爲強大的衝動遏制住了內心的徬徨和動搖。牠要是能把樹鼩叼下樹來，就可以證明自己殘而不廢，風采不減當年。別的狼都對樹鼩無可奈何，牠們的無能方能襯托牠的高能。雙體並行再度躥高，自己顯而易見的缺陷轉眼間變成其他狼無法企及的優勢。更重要的是，牠再高度躥高，牠超越了狼的躥高極限把樹鼩叼下樹來，眾目睽睽，大家都看得清清楚楚，有能耐的是牠灰滿，而不是黃鼬，黃鼬是牠的鋪墊，是牠的坐騎，是牠的陪襯，是牠的跳板和彈簧；把牠看作是黃鼬的寄生和附庸純粹是一種顛倒黑白！牠作夢都想找到這樣一個能證明自己存在價值的機會。這樣的機會太少太少了，普通狩獵，一片混亂，牠再勇猛，也無法在群體的光彩中獨領風騷。

狼群在肉陀的召喚下，已三三兩兩離開冷杉樹了。機不可失，時不再來，還猶豫什麼呀！

灰滿用兩條殘肢強硬的策動黃鼬朝那棵冷杉樹飛奔過去。

是的，牠完全有可能遭到慘敗，但與其做一匹泡在屈辱中的殘狼，還不如鋌而走險去試一試。這眞是孤注一擲，牠押下去的是前途的命運。不是輝煌就是毀滅。

奔到冷杉樹下，灰滿扭頭叼住黃鼬的頸皮，用力往上一提。黃鼬心領神會，猛的往上躥躍。六條狼腿同時起跳，好極了，剛剛跳到兩公尺高處。牠鬆開嘴，兩條殘肢在黃鼬軟肋上使勁一踹，黃鼬身體不由自主的側翻過來，妙極了，牠左側兩隻健全的腳爪順勢迅速在黃鼬肚皮上踩了一下，再度躥高，身體豎直起來，果眞和設想的一樣，牠的狼牙和狼爪躍到與樹䶂平行的高度。

美中不足的是，雖然有黃鼬的身體做力的支點，但因左右兩側腿肢長短不一，力的迸發也難以均衡，身體往上躥時，竟然自行旋轉，轉出了舞蹈表演的韻味，這和嚴肅的血腥獵殺不太相稱。

躥高，旋轉，前爪摟抱，張口噬咬，這一切都是在極短的瞬間完成的。

這一招確實夠險的，要是樹鼬的反應能力稍稍再敏捷些，在橫杈上隨意移動一下位置，灰滿就會撲空。老樹鼬是太大意了，也太經驗主義了，從來沒見過一匹狼跨在另一匹狼身上還能進行再度躥高。也有可能這隻狂妄的拿狼開心的樹鼬被灰滿滑稽的舞蹈化旋轉姿勢逗樂了，看花了眼。白森森的狼牙出現在牠脣吻前了，牠還傻乎乎的待在原地不動，尖利的狼爪朝牠脖子摟過來了，牠這才如夢初醒般的驚叫一聲，轉身欲逃，但已經遲了，狼牙咬住了牠那只圓溜溜肉感的鼻子，狼爪摟住了牠胖乎乎的脖頸。牠疼得呦呦慘叫，四隻爪子摳住樹幹還想賴在樹上不下來，無奈樹鼩體小力弱，無法承受一匹成年公狼的重量，才堅持了幾秒鐘，就嘩啦一聲身體無可奈何的被狼爪抱著脫離了樹杈。幾塊樹皮和幾片樹葉也紛紛揚揚一起掉了下來。

驕兵必敗，樂極生悲。

灰滿成功的把那隻倒楣的樹鼩從三公尺高的樹杈拽了下來，一起跌落地面。牠跛著兩條腿，站立不穩，樹鼩掙脫了牠的摟抱想逃跑，立刻被觀摩等候的狼群按翻在地。

樹鼩離開了樹的支撐，只能變成狼的佳肴。

黃鼬跌得很慘，被猛烈的從空中踹下來，側身墜地，幸好不太高，樹底下又鋪著一層枯枝敗葉，沒傷著筋骨。牠懵懵懂懂的翻爬起來，見灰滿正狼步高狼步低在冷杉樹下像陀螺似的打轉，趕緊忍著疼痛跳過來，非常利索的鑽進灰滿的殘肢下。

鋪墊得恰到好處。

狼群圍著樹鼩，爭搶著有限的肉食。

灰滿用殘肢示意黃鼬載著牠擠到爭食的圓圈裡去。牠已經證明了的存在價值，牠已經是出類拔萃的大公狼了，牠有權和狼酋肉陀一道享用肥膩可口的樹鼩內臟。

黃鼬卻踟躕著不敢前去。黃鼬從懂事開始，早已吃慣了別的狼吃剩的殘渣皮囊，牠想都不敢想要擠進食圈同狼酋和出類拔萃的大公狼爭食新鮮的內臟。牠還不曉得滴著血漿的內臟是啥滋味。記得兩年前牠還半大不小似懂非懂，有一次狼群咬翻一頭牝鹿，眾狼正在圍食，牠瞅見老狼酋波波身旁有個豁口，便鑽了進去，正巧波波用爪牙剖開鹿腹，一顆鮮紅的鹿心還在輕輕顫跳，牠聞到了一股誘狼的血香。牠少不更事，對狼群社會森嚴的等級秩序還沒有刻骨銘心的體會，覺得這顆還在纖顫的鹿心挺好玩的，就朝鹿心阿嗚咬了一口，鹿心是狼酋的特權，牠無意中觸犯了波波的尊嚴。波波惡狠狠的在牠腦殼上咬了一口，咬得牠皮開肉綻，疼得在地上打滾。從此，牠牢牢的吸取了這血的教訓，再也不敢去爭搶新鮮內臟了。

突然，黃鼬覺得自己後頸火辣辣疼，是灰滿在噬咬牠，灰滿兩隻殘肢也緊緊的擒住牠的軟肋，緊得就像要刺進牠的皮肉。牠無可奈何，只好硬著頭皮提心吊膽的往前走。

樹鼩體積小，粥少僧多，肉少狼多，食圈圍得很密，很多地位次等的狼都擠不進去，嗥叫著在圈外鑽頭覓縫。

灰滿策動著黃鼬靠攏食圈朝爭食的狼發出一聲低嗥：我來了，快讓開道！喧囂的狼群也許是沒聽到，也許是聽到了也不願輕易讓出位置，誰也沒有給牠騰出空位。

這在牠的意料之中，沒關係，牠有辦法爲自己找到合適的位置。

牠繞到食圈右邊，來到母狼曼曼和老狼馬尿泡的後面，向著牠們的屁股各咬了一口。

牠早就選定了這個位置，上首是清一色的出類拔萃的大公狼，既顯眼又威風，牠只要擠了進去，不用宣布，就等於把自己提升到了和這些出類拔萃大公狼平起平坐的地位。

選這個位置還有兩個附帶的好處。牠是雙體狼，必須同時趕走兩匹狼才能容得下牠；曼曼和馬尿泡在牠落難時曾侮辱過牠，也正好乘機出口惡氣。

曼曼和馬尿泡被咬得躥跳起來，嗥叫著擺出一副廝鬥狀，但一看清是牠，委屈的哼了哼，識相的扭身走開了。

新狼酋肉陀和幾匹出類拔萃的大公狼沒有出來干涉，似乎什麼也沒聽到什麼也沒看到，悶著頭吃牠們的東西。這無疑是一種默契。

灰滿心花怒放，和黃鼬一起鑽進空位。趕得早不如趕得巧，狼們剛剛把樹鼩開膛破腹，牠不客氣的叼著一截腸子，嚼得滿嘴溢香。

黃鼬也戰戰兢兢的品嘗著美味的五臟六腑。

眞該感謝這隻樹鼩，就像一個漂亮的舞台，讓牠上演了一齣拿手好戲，就像一架登高的梯子，讓牠的地位迅速上升了好幾格。

灰滿正勾著頭嚼咬腸子，猛然感覺到有一道銳利的目光正劃過自己的臉，牠抬眼看去，是肉陀在打量牠。這目光冷得像冰雪，深得像古井，沉得像石山，辣得像山椒，苦得像黃連，酸得像青杏，混雜著驚詫與猜忌，比荊棘更扎臉。灰滿忍不住打了個哆嗦。

十五

灰滿成了古戛納狼群出類拔萃的大公狼，但殘狼的屈辱似乎還像影子似的甩不脫。

狼群在一片平緩的荒野行進，灰滿的兩條殘肢輕鬆的跨在黃鼬背上，正走得順溜，冷不防肉陀從後面擠上來，身體蹭著了黃鼬的背，不輕不重，使黃鼬打了半個趔趄，慢了半個節奏，牠灰滿毫無準備，兩條殘肢喀橐從黃鼬背上滑落下來，剎那間變成匹舉步維艱的可憐兮兮的歪腳狼。眾狼都好奇的圍過來，朝牠嗤嗤哦哦叫，好像在觀摩一場娛樂性很強的表演。

在短短的幾天裡頭，已經是第四次發生這種事了。

第一次碰到這種事，灰滿並沒放在心上。群體行進，磕磕碰碰是難免的，牠灰滿不也有時會不小心撞著別的狼嗎？偶爾尷尬一下，算不得什麼，牠甚至都不好意思朝肉陀投去埋怨責怪的眼光。但接二連三地遭到肉陀蹭撞，灰滿不能不懷疑對方是有意在惡作劇。

呦——牠朝肉陀哀哀的嗥叫一聲。我沒招惹你，你幹麼跟我開這樣惡毒的玩笑呢？

肉陀假惺惺的乾嗥了一聲，甩了甩拖在兩胯間的狼尾，似乎在爲自己的過失道歉。

鬼才會相信這種虛僞的道歉呢！你又不是沒長眼睛，會瞎撞一氣，灰滿氣憤的想。

假如是匹母狼、老狼或草狼有意蹭撞牠，牠早就不客氣的策動黃鼬撲上去用爪牙狠狠教訓對方了，非把對方咬得皮開肉綻不可，這輩子也不敢再冒冒失失的碰到牠。但蹭撞牠的是肉陀，肉陀是狼酋，地位比牠高，牠只好忍氣呑聲。算啦，惹不起還躲不起嗎？牠小心翼翼的避開肉陀，不再走在肉陀的前頭，而是跟在肉陀的後面，看你還怎麼蹭撞。

這眞是一種可笑的鴕鳥式的迴避。

幾天後，狼群翻越雪山到鹼水塘去覓食，中途經過一座峭壁。灰滿怕肉陀使壞，便防著一點，待肉陀先往上爬後，自己才策動黃鼬往上攀登。峭壁很陡，牠咬著黃鼬的後頸皮正爬得費勁，走在前頭的肉陀突然就失足滑了一跤，不偏不倚瞄準黃鼬滑下來，一屁股撞在黃鼬的腦殼上。黃鼬馱著牠灰滿的半邊身體負重登高，本來就已累得狼舌耷在嘴外，突然間肉陀又壓下來，腳爪再也無法站穩，像坐滑梯似的順著陡坡滾了下去。這當然會連累灰滿，被拉扯著滾下坡。牠右側的腿比左側的腿短了一截，無法像黃鼬那樣四肢立定身體平衡的往下滑；牠剛一滑身體重心自左向右偏仄，一連串側身滾跌，比螃蟹還螃蟹。更糟糕的是，牠下滑了一丈多恰巧被一棵小樹擋住，黃鼬卻一口氣滑下去十幾丈深。峭壁地勢險峻，黃鼬老半天也沒能爬回牠身邊來。牠歪著腳咧著嘴氣急敗壞的朝黃鼬呼叫，殘狼原形畢露，窘迫得眞想哭一場。

狼們都扭過頭來看稀奇。母狼曼曼和老狼馬尿泡幸災樂禍的嗷嗷叫。

灰滿羞慚悲憤的眼光投向肇事者肉陀。牠看見，肉陀冷冰冰的眼睛閃動著譏諷與嘲弄，似乎在說，瞧你這副模樣，還算是出類拔萃的大公狼嗎？

霎時間，灰滿明白了肉陀幾次三番設法把牠從黃鼬背上蹭撞下來的邪惡用心。這絕不是普通的惡作劇，而是一種深思熟慮後的暗算。肉陀是在製造機會一次又一次地把殘狼的缺陷、短處、弱點和醜陋當眾曝光，蹂躪牠的自尊、損壞牠的形象。這樣做的動機很明顯，是害怕牠灰滿強大起來，和牠爭雄，向牠索討狼酋寶座。

灰滿恨不得立刻撲上去與肉陀拚個你死我活，但牠咬緊牙關克制住了自己的衝動。牠雖然已經是出類拔萃的大公狼了，但在眾狼眼裡的形象還不夠高大完美，還沒做出驚天動地的業績，還沒達到八面威風的境界，現在貿然撲上去，極有可能會觸犯眾怒，取勝希望很渺茫。牠長嗥一聲，把羞憤與悲涼凝結成一個太陽也休想融化的意志，深深藏進心底。

一旦牠成了狼酋，誰還敢來凌辱牠？

本來牠並沒有要奪回狼酋寶座的欲望，起碼暫時還沒有。是肉陀用尊卑這柄魔扇煽起了牠心裡熾熱的欲望。

肉陀，你會得到報應的。

十六

這是頭衰老的豹子，飢餓的豹子，生命燭火行將熄滅的豹子。古戛納狼群跟蹤這頭老豹子已經整整兩天了。

一場百年不遇的暴風雪颳得日曲卡山麓天寒地凍。狼群被飢餓催逼著，頂風冒雪，長途跋涉，到古戛納河上游的溫泉去覓食。千辛萬苦來到溫泉谷，卻沒發現食草動物，只看見這頭老豹子臥在汩汩流淌的泉眼旁，縮蜷著身體烘烤著泉眼裡氤氳的熱霧，模樣就像隻放大了的煨灶貓。狼眼銳利，對生命現象洞如燭火，一眼就看出這頭唇鬚焦枯、眼角布滿濁黃的老豹子兩隻前爪已經跨進地獄門檻了。瞧牠那條豹尾，黏滿了樹脂泥漿，骯髒得像根攪屎棍，毫無生氣的耷落在地上；斑斕豹皮已褪色成模糊的醬黃，金錢環紋被歲月消蝕得蕩然無存。牠不時痛苦的扭動身體，想啃咬自己兩隻前爪掌，但豹嘴裡好像有什麼東西鯁著了，咬不實在，便哼哼唧唧呻吟著。

有豐富叢林生活經驗的成年狼瞧這副情景就曉得，這頭老豹子準是吃了箭豬，剛硬的箭豬鬃毛刺進了前爪掌，或許還刺進了上嘴顎。箭豬是日曲卡山麓一種行動遲緩肉質鮮美的小動物，很容易捕捉；但食肉獸即使餓得肚皮貼到脊梁骨，也不敢去逮箭豬；箭豬箭豬，全身的毛猶如鋒利的箭，捕捉時箭豬毛難免會刺進捕食者的爪掌和嘴腔，很快就會發炎潰爛，痛苦無比，還不易拔除。有的食肉獸吃了箭豬後就這樣活活疼死了。由此可正確的推斷出，這確確實實是在黃泉路上徘徊掙扎的老豹子，因爲只有生命衰微實在逮不到其他食物，差不多要餓死的豹子才會去捉箭豬。吃了箭豬嘴腔潰瘍無法嚼咬吞嚥食物，倒過來加速了死亡過程。

用人類的飲鴆止渴來比喻，最恰如其分了。

假如面對的是頭生命力還很旺盛的豹子，狼是不敢輕舉妄動的。豹體格比狼魁梧得多，力大凶猛，會爬樹會浮水，奔跑的最高時速可達七十公里，細長的豹尾可像絞索似的活活把狼絞死，孔武有力的顎部配上那口利齒可以不費吹灰之力就把狼的脖頸咬斷。狼雖然具有群體威風，也很難在同一頭正常的豹生死搏殺時占到什麼便宜。而豹畏懼狼前仆後繼的勇猛，也害怕狼群四面八方的撲咬，一般情況下也不會來襲擊狼。在日曲卡山麓，狼群和豹子是井水不犯河水，誰也招惹不起誰。若硬要將狼群和豹來番較量，很有可能是兩敗俱傷，這當然對誰都沒有好處。

但遇到眼前這麼一頭生命衰微的老豹子，就另當別論了。力量的均衡一經打破，就有可能嬗變爲吃和被吃的新型關係。更主要的是，狼群從日曲卡山麓頂風冒雪跋涉兩天來到溫泉谷，沿途幾乎沒吃到什麼東西，當然也就對那身豹肉那腔豹血特別感興趣了。

但狼群沒立刻使用暴力。這頭老豹子雖然衰弱不堪，雖然掌胝和脣顎都刺進箭豬毛，但生命的燭火只是在飄搖曳動而沒有熄滅，還餘勇可賈，能迸發出最後一把力氣來反抗。要是狼群此刻就撲咬上去，雖然最終也可能把這老傢伙撕成肉塊，但恐怕很難不付出慘重的代價。讓這已被死神召喚的老豹子臨死前弄幾匹狼去墊背，也太不划算了。最穩妥的辦法是等候老豹子生命燭火自然熄滅；牠不能跑不能覓食，離倒斃爲時不遠了，頂多一兩天，也許兩三天，不是凍死就會餓死的。狼群只要耐心的跟蹤在老豹子後面，瞅著牠龐大的身軀在雪地上東搖西晃，四膝發軟，咕咚一聲栽倒下去，就立刻蜂擁而上，在豹的彌留之際用鋒利的犬牙割開豹喉，還能喝到沒來得及冷卻的血漿哩！

守豹待肉，來得全不費功夫。

狼群散在離老豹子二三十步遠的地方，沉默的等待著。

老豹子發現狼群後，顯得煩躁不安，支撐前肢從溫熱的泉眼旁蹲起來，兩隻豹眼竭力瞪圓，呵嗬唷——吼叫了一聲。

這是色厲內荏的恫嚇，當然嚇不倒狼。

後來，老豹子站起來走到離泉眼不遠的一棵苦楝樹下，摟抱著樹幹想爬上樹去。狼群緊張了一陣。老豹子爬到樹上，要死絕了才會被風吹落下來，就喝不到豹血了；要是老豹子死在搖籃似的樹丫間，就變成懸掛在半空的肉，可望而不可即，那才叫倒了血楣呢！幸好是虛驚一場，老豹子爬了幾次都沒能爬上樹去。可以想像，無情的歲月早把尖利的豹爪磨平磨禿了，前爪掌上又刺進箭豬毛，紅腫流膿，已無法爬樹了。

再後來，老豹子起身離開溫泉谷，大概是想離狼群遠一點，擺脫不吉利的糾纏。

狼群自覺的閃開一條道，讓老豹子走。山野白雪皚皚，北風凜冽，老豹子當然也就死得更快些。

老豹子順著古戛納河谷步履踉蹌的往前走，狼群黑壓壓一片跟在後頭，就像跟著一支奇特的送葬隊伍，一支訓練有素的專業收屍隊。

老豹子走著走著，冷不防回轉身來，向緊跟在身後差不多快踩著豹尾的大公狼哈斗和瓢勺反撲過來。遺憾的是，牠骨架鬆垮，前肢疼痛，笨拙得還不如熊貓呢，連狼毛都抓不到一根。

這眞是一場生命耐力的競賽。

兩天一晃就過去了。

十七

狼群估量得很準，老豹子果然支持不住了。牠本來就生命衰微，在雪花淒迷奇冷無比的古戛納河谷不停頓不間歇的奔波了兩天兩夜，已折騰得快衰竭了。瞧四條豹腿，就像是天上的雲捏成的，軟綿綿輕飄飄神悠悠搖晃晃，已快支撐不住身軀的重量。

雪光把荒野的夜映照得一片慘白。狼群也飢寒交迫、困頓疲憊。狼酋肉陀把尖吻探進雪層，發出淒厲艾怨的尖嗥，立刻，群狼仿效，狼嗥聲此起彼伏，劃破了黎明的沉寂。

那是狼在提前爲老豹子開追悼會，唸冗長的悼詞。或者說是狼求老豹子速死的祈禱，想盡快喝豹血啖豹肉的心聲。

豹畢竟是具有頑強生存意志的猛獸，一息尚存，就不會甘心讓自己變成惡臭難聞的狼糞。牠掙扎著走到一叢枯草前，艱難的用前爪摳扒著溼土。顯然，牠想找東西吃，哪怕半截腐蛇一窩冷凍鼠崽也好。

狼酋肉陀悶聲不響的躥上去，一口咬住已差不多僵硬的豹尾，猛力拉扯。豹尾沒拉斷，拉出一泡豹屎來，淋了肉陀一頭一臉。老豹子吃力的轉過身來，張嘴噬咬，肉陀只得悻悻的跳開去，把臉埋進積雪擦洗骯髒的豹糞。

老豹子雖然暫時保住了尾巴，但牠摳扒了半天，枯草叢裡除了雪和泥什麼也沒有，牠腹內空空，又受了咬尾的驚嚇，真的絕望了。牠知道自己已不可能逃脫這群已跟蹤了牠兩天的餓狼，出於一種留戀生命的本能，用最後一點力氣爬上一塊兩公尺高的緩坡，蹲在一個三角形的石洞，面朝狼群，背靠岩壁，負嵎頑抗。

狼群散落在緩坡下，這是最後的等待。

陰霾的天際有幾絲曙光忽而閃現忽而幻滅。

老豹子粗壯的脖頸已一點一點往下垂落，兩隻前爪象徵性的朝前抓搔著。牠不願死！牠要堅持到最後一分鐘。

肉陀跳到石洞前，只等老豹子癱倒在地，四肢抽搐，就率眾撲躍上去。

就在這時，發生了一樁古戞納狼群和垂死的老豹子作夢也想不到的事。就在老豹子蹲著的石洞裡，藏著一隻雪雉，鋪著厚厚積雪的亂石把羽毛豔麗的雪雉遮得嚴嚴實實。雪雉的眼睛在黑夜裡看不見，大概以爲自己藏得很隱蔽，不會被發現，就沒飛逃。老豹子胡亂的抓搔著前爪，身體搖搖晃晃眼看要傾倒，不知怎麼的，一隻後爪移動了一下，一腳踩進石堆的雪雉窩。咯咯咯咯，沉寂的河谷爆響起一串雪雉的啼鳴。狼群和老豹子都吃了一驚，茫然不知所措。老豹子本能的抬起後爪，熹微晨光中，一隻肥肥胖胖的雪雉噗的一聲從石堆裡躥出來，準確的說應該是從老豹子爪子底下逃出來；牠已受了致命的重傷，老豹子的後爪踩中了牠的脊背，兩根孔雀藍的尾翎下拖著一條粉紅色的雉腸子；牠的翅膀大概也被豹爪踩折了，沒能飛起來，一躥出窠就跌落在地，恰巧跌在老豹子的嘴邊；牠掙動翅膀，漫起一團輕煙似的雪塵。

老豹子不知是受到了希望的鼓舞還是被意外的幸運刺激得迴光返照，黯淡的眼神驟然間流光溢彩，綿軟的四肢剎那間堅挺起來，下垂的脖頸也昂然上揚，兩隻前爪按住雪雉，張開血盆大口就要啃咬。

老狼馬尿泡發出嘆息般的長嗥。

其實不用馬尿泡提醒，每一匹成年狼心裡都很明白，古戛納狼群要遭殃了。

頂著風雪在老豹子屁股後頭跟蹤了兩天兩夜，許多狼早已累得筋疲力竭，歪嘴耷尾，餓得頭暈眼花，那情景比老豹子也好不了多少。只是想著很快能飽餐一頓豹子肉，被美麗的希望激勵著，才堅持下來。儘管這樣，還是有幾匹母狼和幼狼已差不多被飢餓摧垮，在雪地蹒跚，隨時都會倒下去再也爬不起來。

假如能即刻分食了老豹子，沒說的，狼群當然是絕路逢生，枯木逢春。但雪雉已跌進老豹子的懷抱，狼群就面臨了一場迫在眉睫的生存威脅。說到底，老豹子還沒有老到壽終正寢的程度；叢林裡的食肉猛獸也不可能活到自然善終的年齡，都是進入老境後因捕食困難而餓死在冬天的寒夜。一旦老豹子把雪雉吞進肚去，等於快熄滅的火塘撒了把乾草，生命的火就重新會點燃，寒冷緩解，元氣恢復，虛脫的身體也可能會某種程度的振奮起來，或許再過兩三天也不會倒斃了。而狼群不可能再等兩三天了，即使再等半天，就起碼會有一小半死於非命。

狼群也不可能重複或翻版老豹子的幸運，也在雪地踩出隻雪雉什麼的來暫且充飢，繼續同老豹子進行比馬拉松還馬拉松的生命耐力的競賽。

狼唯一的選擇，就是看誰能撲躥上去，把已被老豹子摟進懷去的雪雉搶奪下來。

老豹子一旦失去了雪雉，精神和肉體也就都遭到了致命的摧擊，立刻就會奄奄一息。

肉陀首當其衝，率先撲向蹲在石洞裡的老豹子。牠是狼酋，牠比誰都更清楚局面的嚴峻。身爲狼酋，牠有責任使狼群轉危爲安。

肉陀跳到老豹子面前，張嘴就朝老豹子懷裡抽搐的雪雉咬去。老豹子十分清楚這隻五彩繽紛的雪雉關係到身家性命，便將沉重的身體緊緊壓在雪雉上。肉陀只撥下一嘴雪雉毛，就被老豹子用腦袋頂下坡來。老豹子居高臨下，左右和背後都有堅硬的岩壁拱衛，易守難攻。坡雖說不陡，卻很窄，狼群無法施展群體的威力。大公狼只好依次躥上去格殺。

哈斗被豹爪摑歪了臉。瓢勺咬下一嘴豹毛，自己也被撕破了脖子。豁嘴寶鼎咬掉了半隻豹耳，卻也讓豹牙咬跛了一條腿。

老狼、母狼和幼狼齊聲嗥叫著，在坡下助威吶喊。

灰滿也策動著黃鼬上去。牠已經是出類拔萃的大公狼了，危急關頭當然義不容辭。牠先來了個再度躥高，跳到了老豹子的背上，可惜，沒等牠站穩，豹尾嗖的一聲便掃了過來，把牠抽落下去。第二次灰滿和黃鼬配合進行立體撲擊，牠咬豹臉，黃鼬咬豹爪，可惡的老豹子兩隻前爪左右開弓，一口豹牙朝天噬咬，把牠和黃鼬雙雙打下坡去。

肉陀又連續撲了三次，都沒得手。

狼群輪番向石洞衝擊，連老狼和母狼也加入了戰鬥。沒有間歇，沒有停頓，撲躥得比雨點還密集。每匹狼心裡都很明白，不能給老豹子有喘息的機會，更不能給老豹子有啃吃雪雉的時間。

天亮了，雪停了，這是一個大雪初霽晴朗的黎明，玫瑰色的朝霞把白雪覆蓋的河谷照耀得金碧輝煌。

不知是燦爛的陽光給老豹子灌注了活力，還是激烈的廝殺擰緊了老豹子食肉獸的神經，這發威的老豹子，似乎越鬥越有精神了，兩隻前爪凶猛的撕抓著，豹牙咬得咯砰咯砰響，還不時發出一兩聲高亢嘹亮的豹吼。

眞讓狼懷疑這是否眞的是被死神押解著在黃泉路上徘徊的老豹子。

也許這是生命在死亡壓力下迸發出來的一種潛能，一種奇蹟般的生命聚焦。

肉陀發瘋般的長嗥一聲，全身狼毛聳立，再次勇猛的躥了上去。凌厲的豹爪朝牠背上撕下來，牠不躲閃，也不退卻，不顧一切的朝豹腹下鑽進去。牠要摳出被老豹子壓在身底下的雪雉。牠的腦袋已鑽進豹腹了，牠的兩隻前爪已攫住雪雉了，老豹子將兩隻前爪死死按住肉陀的背，竭力不讓牠把雪雉摳出來。這時，機靈的哈斗和瓢勺一陣風似的相繼跳上豹背，在老豹子後腦勺上胡啃亂咬。

灰滿在坡下看得眞切，忍不住在心裡爲肉陀喝采。眞棒，這才是狼酋風采，把生死置之度外，豹口奪雉。哈斗和瓢勺也不賴，配合得恰到好處。看來，狼群穩操勝券了。灰滿想，老豹子後腦勺被咬，免不了會搖頭晃腦騰出豹爪去反擊，底下一鬆動，肉陀就可乘機把雪雉從豹腹下摳出來。灰滿在爲肉陀喝采的同時，又有一點洩氣，肉陀如此剛勇剽悍，自己要奪回狼酋寶座簡直就是痴心妄想了。狼是崇拜力量的動物，有力量就有地位，看來肉陀比牠想像的更有力量。

灰滿的判斷失誤了。老豹子簡直是魔鬼投的胎，狡猾無比，很懂得輕重緩急的道理，儘管後腦勺被咬得皮開肉綻，露出灰白的頭蓋骨，也不放鬆按住肉陀的兩隻豹爪，張嘴朝肉陀咬下去。幸虧肉陀大半截脖子已鑽進豹腹，要不然的話，不當場嗚呼哀哉，也會變成歪脖狼，老豹子咬中了肉陀背上那只像瘤牛一樣高聳的肩峰。那坨肉咬起來感覺一定不錯，眨眼間肉陀肩胛被剖開了，露出白的狼肉紅的狼血。肉陀在豹腹下發出一聲沉悶的慘嗥，拚命掙扎，好不容易才從豹嘴脫身，滾下坡來。

趕走了肉陀，老豹子後肢立起屁股上翹猛力一掀，哈斗和瓢勺被掀到半空，跌進雪地，沾了一身雪，活像兩條白毛喪家犬。

肉陀滾到坡底，怔怔的望著老豹子，表情沮喪絕望。突然，牠長長的哀嗥一聲，轉身發瘋般的向荒野奔去。昔日高聳的肩胛，像被風撕破的葉片，在背上飄零。

這無疑是一種臨陣脫逃。

耍時間，灰滿想起了三年前古戞納狼群發生的帳棚慘案。那時古戞納狼群數量幾乎比現在多一倍，有五六十匹，狼酋是身高力猛智慧出眾的大黑。也是連續颳了幾天暴風雪，找不到可以充飢的食物，大黑就率領狼群長途跋涉到日曲卡雪山和尕瑪兒草原交割地帶一條小河邊去襲擊兩頭乳牛。秋天狼群經過那裡時看見兩頭乳牛，脾氣溫順，犄角很短，極容易捕獲並撕碎。但乳牛不是野生動物，而是人類豢養的家畜，小河邊支著一頂黑色的帳棚，住著一老一少兩個帶槍的男人，還有一條黃狗。乳牛圈在緊靠帳棚的牛欄裡。秋天不是飢餓的季節，犯不著到槍口下去冒險，狼群只是看了看乳牛，沒有攻擊。現在不同了，與其在暴風雪下凍成餓殍，還不如鋌而走險。

狼酋大黑是根據避重就輕的原則決定這次狩獵的。槍彈下損失幾匹狼，總比全體都餓死要好得多。一頂帳棚兩支槍，怎麼說威力也有限，總比到幾十戶人家聚成團的村寨去襲擊豬圈馬廄要少擔許多風險，村寨有無數支獵槍和如潑的彈雨。狼群也是頂風冒雪穿山越嶺走得異常艱難。途中餓死了一匹老狼，還遇到一次雪崩，埋葬了兩匹大公狼。好不容易趕到小河邊，狼們已個個餓得眼珠子發綠。黑色的帳棚還支在河灘的草地上，群狼奮不顧身爭先恐後的撲躥上去，一看，全傻了眼，牛欄裡空空蕩蕩，一無所有，帳棚裡也空空蕩蕩，只有冰冷的火塘。人、狗和乳牛去向不明，也許冬天還沒有到他們就搬走了。狼群陷入了絕境。

突然，幾匹餓瘋了的大公狼撲到大黑身上，窮凶極惡的噬咬起來。你是狼酋，你把狼群領到絕路，你就是滅種滅族的罪魁禍首；你是狼酋，平時讓你享受特權，就指望你用出眾的智慧和力量使種群昌盛，你做不到，只好請你貢獻出你的血和肉以謝天下！大黑很快被撕成碎片，咬紅了眼的大公狼又轉而撲向老狼和殘狼，母狼之間也內訌迭起，每一匹狼都像得了狂犬病，喪心病狂的朝同伴撲咬，帳棚旁爆發起一場血肉橫飛的慘不忍睹的自相殘殺。灰滿、肉陀、寶鼎當時還都是未成年的幼狼，跟著精明的老狼波波鑽進小河邊乾枯的蘆葦叢，才倖免於難。帳棚慘案使得興旺的古戛納狼群跌進衰敗的谷底，數量銳減到三分之一，出類拔萃的大公狼全部死光……

肉陀一定是覺得老豹子起死回生，狼群吃肉無望，已陷入絕境，牠怕瀕臨死亡線的狼群重演帳棚慘案，怕自己成爲大黑第二，所以才落荒逃命的。或許，豹牙撕碎了牠肩胛上鵝蛋狀的疙瘩肉，銳氣受挫，意志崩潰，也是牠突然轉身朝荒野奔逃的重要原因。

群狼無首，亂成一團。

淒涼代替了悲壯，絕望代替了希望。狼酋是狼群的旗幟和靈魂，旗幟倒了，靈魂出竅了，士氣土崩瓦解。母狼曼曼哀嗥著攜帶幼狼阿嘘逃向冰封的古戛納河對岸；老狼馬尿泡和白尾巴朝山崖一片灌木叢鑽去；母狼們紛紛將自己的幼狼藏匿在腹下……

三年前的帳棚慘案記憶猶新，在整個種群都瘋狂時，最易受到傷害的就是老狼、母狼和未成年的幼狼。

大禍臨頭，各自逃命吧！

古戛納狼群眼看就要崩潰了。

狡猾的老豹子趁著坡下的狼群陷於一片潰亂之際，趕緊從身體底下拖出雪雉來啃咬。

千鈞一髮關頭，灰滿威嚴的長嗥一聲，那氣勢那風度那臨危不懼的神態立刻把驚慌失措的狼群鎮住了。牠不能讓帳棚慘案在古戛納狼群裡重演一遍，牠不能讓狼們吃兩遍苦、受二次罪。再說，肉陀臨陣逃脫，也等於是把狼酋位置拱手相讓，這是個可遇而不可求的奪回狼酋寶座的好機會。爲了種群，也爲了自己！

老豹子剛要把雪雉塞進嘴，灰滿已策動黃鼬奔了過去。到了坡下，六條狼腿一起用力，雙體狼跳到了和老豹子平行的高度時，灰滿在黃鼬背上用力蹬了一下，再度躥高，撲到老豹子面前，兩隻後爪站在石洞，兩隻前爪搭在老豹子的腦袋上，拚命去搶那隻雪雉。老豹子慢了半拍，沒來得及把雪雉囫圇吞下，只好又把雪雉塞回腹下壓著，來對付灰滿。灰滿被一隻強有力的豹爪推搡著，站立不穩，眼看就要從結滿冰稜的石洞上滾下來，急得嗷嗷嗥叫。

就在這危急關頭，黃鼬從地上爬起來，吱溜鑽到灰滿的爪下，這等於給灰滿鋪墊了一塊跳板，灰滿縱身一躍，嗖的高高躥起，在空中畫出道弧形，以泰山壓頂之勢向那張醜陋的豹臉撲下去，兩隻狼爪狠狠朝那雙驚慌失措的豹眼刺剜。老豹子本能的舉起兩隻前爪來抵擋，殊不知雙體狼玩的是立體撲咬，豹爪一抬，底下就露出了空檔，黃鼬從下面一口叼住老豹子的頸窩。老豹子不敢怠慢，一爪撕下來，剛好撕在黃鼬的臉上，把黃鼬一隻眼睛摳瞎了。這樣一來，老豹子的上方又露出破綻。說時遲，那時快，灰滿一挺狼腰，閃電般的將兩隻前爪刺進豹眼。噗，噗，老豹子兩隻眼窩變成了兩口小小的血井，疼得牠歇斯底里的吼了起來。

一隻狼眼換兩隻豹眼，還是賺了。灰滿十分滿意自己的有效攻擊，趴在老豹子臉上，繼續猛烈撕咬，擴大戰果。

老豹子疼痛難忍，欠起身抬起豹爪來對付像螞蟥似的叮在自己臉額部位的灰滿，黃鼬乘機吱溜撞進牠虛開的懷抱，一口叼住雪雉的脖子，猛力往後一拔，把雪雉從老豹子身體底下整個拖了出來。老豹子知道，就目前的情景，雪雉比豹眼還要重要，牠立刻又落下豹爪要按住雪雉，但已經遲了，黃鼬叼著雪雉已滾下坡去。灰滿也從老豹子眼窩裡抽出爪來，退出石洞。

老豹子算是嘗到了能隨意拆卸組合並能進行上下立體撲咬的雙體狼的厲害。牠的兩隻眼眶血肉模糊，顫巍巍站起來，衝著坡下的狼群吼了一聲，做了個向下撲躥的姿勢——牠也確實從石洞下來了，卻不是躥，而是跌。跌下後，豹身側臥在地，四肢不斷抽搐，再也站不起來了。

牠失去了雪雉，等於被抽掉了精神支柱；牠的肉體全靠精神支撐著，精神垮了，肉體也完蛋了。

狼群呼嘯著擁上來，吞食著次等但量多的豹子肉。

十八

灰滿重新成爲狼酋。這是順理成章的事，牠力挽狂瀾，牠拯救了古戛納狼群，牠理所當然就該成爲狼酋。肉陀不服氣可以，不讓位不行。當狼群大口吞食豹肉時，肉陀從荒野踅轉回來，也想分一杯羹。不等灰滿有所表示，老狼、母狼和幼狼不約而同圍聚在牠灰滿身邊，朝肉陀噢噢嗥叫。這自然是一種擁戴新狼酋的示威。肉陀倒也知趣，顛顛地跑到牠面前，蹲伏下來，舔舔牠的腳爪，做出一種典型的向權威頂禮膜拜的姿勢。

權力就這樣和平的移交過來了。

可憐的肉陀，只當了一年不到的代理狼酋。

對灰滿來說，不過是要回了本來就屬於自己的東西。牠也付出了代價，牠的鋪墊或者說牠的跳板——黃鼬，被豹爪摳瞎了一隻眼睛。對灰滿來說，這不算太大的損失，黃鼬少了一隻眼睛，並不影響馱著牠跳躍奔跑。

灰滿重新當上狼酋後，這才覺得自己眞正站起來了。殘狼的屈辱已成爲一去不復返的往事。現在，再也沒有哪匹大公狼敢奚落嘲弄或暗算牠。進食時，牠沒動口，誰也不敢放肆嚼咬；宿營時，牠位居中央，舒適而又氣派。無論從哪個角度看，牠都是出色而又合格的狼酋。牠年輕力壯，智慧出眾，受過九死一生的磨難，懂得生活的甘苦。牠雖然右側兩隻腳爪都短了一截，但殘而不廢，一點不影響牠率眾狩獵覓食，恰恰相反，牠跨著黃鼬，變成一匹舉世無雙的雙體狼，有兩張狼嘴，有六條狼腿，有三隻狼眼。再度躥高使牠能輕易的把待在樹上的松鼠、青猴、靈貓什麼的攫捉下來；立體撲擊，牠總是對準獵物最自珍自愛的部位—

眼睛摳挖鼓搗，而黃鼬則乘機貼地鑽進獵物的胸腹部猛力噬咬最易受傷害的生殖腔。即使面對野牛、野驢這樣的大型動物，在牠威力無比的立體撲擊下也會顧了頭顧不了尾，很快喪命。最讓牠得意的一次，是在古驛道上迎面遭遇一隊馬幫，那位挎著獵槍的趕馬人一見到牠，大驚失色，槍也不敢打，騎著馬轉身就逃，一路逃還一路叫：「山妖來嘍！長得兩顆狼腦袋的山妖來嘍！」

狼群十分輕鬆愉快的吃掉了落在最後面的那匹馬。

在一次又一次的狩獵實踐中，黃鼬磨練得越來越機智靈活，與牠配合得天衣無縫。牠再度躥高，黃鼬會仄轉臉來覷準牠的落點，飛快跑到預定位置，牠一落地兩隻殘肢便十分順當的勾住黃鼬的軟肋；立體撲擊，牠在獵物頭顱間準備撤離時，只要發出一聲短促的嗥叫，黃鼬便立刻從獵物懷裡脫身出來，恭候在一旁。

無論是白天狩獵還是夜晚宿營，日日夜夜，灰滿兩條殘肢總是跨在黃鼬背上。在眾狼面前，牠再沒暴露出自己身體歪仄只能屈膝爬行的窘相。眾狼落在牠身上的眼光，早沒了同情與憐憫，而是尊敬與佩服。沒有誰再把牠灰滿看作是可鄙的殘狼，都把牠視爲無與倫比的雙體狼酋，連牠自己也漸漸忘了身上的殘疾。牠有一種自己都快深信不疑的強烈感覺，牠生來就是匹雙體狼！牠的光輝形象當然淹沒了黃鼬，過去的黃鼬在古戛納狼群中消失了。沒有黃鼬，只有以牠灰滿命名的雙體狼。連保留黃鼬的名字也純屬多餘。過去牠把黃鼬看作是牠的鋪墊、坐騎、陪襯、跳板和彈簧，牠覺得這些比喻式的理解還是膚淺了，還沒有挖掘出事理的內蘊與實質。應該這麼說，黃鼬是牠灰滿身體的組合部分，是肉體的再生，是意志的延伸，是靈魂的底盤。

天氣逐漸轉暖，食物也變得豐盈，在狼酋的位置上養尊處優，灰滿瘦骨嶙峋的身體很快壯實起來，肩胛和腿彎爆出一鼓鼓栗子肉，狼皮被繃得比鼓面還緊。本來已脫落的狼毛重新長出來，濃密齊嶄，色澤也越來越深，由淺灰變得烏紫，又像是一塊蓄滿雷霆雨雪冰雹的烏雲。一旦恢復了尊嚴，當然也就會恢復形象。

牠相信自己永遠是匹頂天立地的雙體狼。

十九

東風送暖百花爭豔，春天到了。狼是季節性交配繁殖的動物，春天是春情勃發的美妙日子。灰滿作爲古戞納狼群的狼酋，第一雄性，當然有傳宗接代的本能。尋找配偶的優先權是僅次於衡量群體等級秩序的食物優先權的另一重要標誌。牠當仁不讓，要挑選最漂亮最健美最中意的年輕母狼。而狼群中好幾匹待字閨中的年輕母狼也隨著驚蟄雷聲，青草吐芽花蕾綻放而頻頻向牠拋飛媚眼、傳送秋波、搔首弄姿。

灰滿沒有想到，黑珍珠也會向牠獻媚。

每當狩獵成功，狼們飽啖了一頓後散落在被太陽晒得暖融融的斑茅草叢裡憩息消食，黑珍珠就會來到牠面前扭動輕盈的腰肢蹦來跳去，有時是撲捉一隻花蝴蝶，有時是追逐一隻紅蜻蜓。狼不是鳥禽，從來不會對蝴蝶這樣的小昆蟲感興趣。灰滿心裡明鏡似的，黑珍珠無非是在把蝴蝶和蜻蜓當作道具，展演自己美妙的青春胴體和活潑鮮豔的生命情趣。

灰滿跨在黃鼬的背上，面對黑珍珠的露骨挑逗，眼熱心跳，心裡彷彿有一江春潮在湧動。但牠咬咬牙，用兩條殘肢做了個輕微的示意，黃鼬比任何時候反應都敏捷，唰的一聲來了個原地一百八十度的大轉彎。

灰滿扔給了黑珍珠一個後腦勺。

黑珍珠委屈的嗚咽一聲，停止了風情展銷。

灰滿忘不掉黑珍珠曾經對牠的絕情。當牠被臭野豬咬斷腳爪，癱倒在雪坑，牠希望黑珍珠能過來舔舔牠含淚的面頰，慰藉牠灰黯的心境，可這沒心肝的小母狼，全不念舊情，連同情的眼光也捨不得施捨給牠一束。牠永遠不會忘記，當狼群在代理狼酋肉陀的率領下，圍著牠繞行三圈做訣別儀式時，黑珍珠不耐煩的把臉轉向一邊，離去時，腳步輕鬆如常，沒一點猶豫，沒一點遲疑。牠恨牠的絕情，恨牠的勢利，恨牠的忘恩負義。現在牠灰滿重新成爲狼酋，牠又恬不知恥的來賣弄風騷了。灰滿再情迷心竅，也不得不得出這麼個結論：黑珍珠喜歡的不是牠灰滿，而是喜歡高高在上的狼酋寶座。

灰滿在感情上已經受過一次騙了，牠不能在同一個對象身上跌同樣性質的第二跤。

像黑珍珠這樣美麗聰慧的雌性，都有洞察雄性心扉的特殊天賦，都有幾分狂熱的執著。牠並不因爲灰滿給牠一個後腦勺就善罷甘休。牠想，假如灰滿眞的對牠無動於衷，盡可以用冷冰冰的眼光直視著牠，用一種嘲弄的表情欣賞牠的風情展銷，只看不買，展銷得再隆重再精采也是白搭。灰滿轉身用背對著牠，是沒勇氣繼續觀看，大概怕禁不起誘惑，說明缺乏自信，立場很不堅定。希望會有的，牠才不會傻乎乎的停止追求呢！

對狼來說，春天是一個感情濃烈的季節，也是一個可以提供很多讓雌雄間互吐情愫機會的季節。

那天，狼群在草甸子裡圍住了一頭牝鹿，牝鹿肚子圓滾滾的，裡頭有小生命在蠕動，糯軟香甜的鹿胎是狼特別鍾愛的珍饈美饌。當灰滿像股灰色狂風從黃鼬背上猛飈過去，眨眼間就咬斷牝鹿的喉管時，黑珍珠立即躥跳到灰滿的身邊，噢噢歡呼著，擺動垂掛在兩股之間的狼尾，謙恭的舔灰滿的兩條左腿。這是狼社會常見的卑者對尊者的崇敬禮儀，不算做作。灰滿心裡美滋滋的，不管怎麼說，有一匹年輕貌美的母狼來讚美自己超群卓著的力量和出神入化的狩獵技巧，總是一樁令公狼賞心悅目的好事。

一種無端的柔情開始在灰滿心裡發酵。

分食了牝鹿後，狼群跑到古戛納河畔去飲水。太陽像顆碩大無朋的金橘，藍色的河面鋪著一層落日的餘暉。河谷籠罩著一層特別能撩撥情懷的淡紫色霧嵐。每匹狼的肚皮都是脹鼓鼓的，塞滿了美味鹿肉。沒有飢餓之虞，狼就變得瀟灑。夕陽暖融融，狼心暖融融。河邊草叢裡傳來綠螽斯求偶心切的嘶鳴，樹枝上也有鶯燕的求偶聲。眞是尋偶覓偶的好時光。已建立起配偶關係的成年狼們，雙雙隱沒在茂密得連陽光都很難鑽透的樹林裡。狹長平坦的河灘上，不時傳來單身公狼粗魯的囂叫和年輕母狼賣俏的忸怩聲。

灰滿薄而長的舌尖捲成鉤狀，釣起一串串水珠來喝。水被太陽晒得溫熱，被河畔姹紫宅嫣紅的野花釀得芬芳，喝一口沁入心肺。水亦醉狼，花亦醉狼，霧亦醉狼。可灰滿卻惘然若失，有一種無法吐泄掉的惆悵。

牠需要一個異性伴侶。牠覺得自己十分孤單。

古戛納狼群不乏年輕母狼，牠是狼酋，只要牠看中誰，不需多說，召之即來。可不知爲什麼，牠對牠們一樣也沒興趣。白眉妞臀部太窄；莎莎背上裸露著一大塊癩皮；泡泡沫嘴歪得喝水都會吐泡泡；紅尾巴健美倒是健美了，但那根絨毛緊湊的紅尾巴眞讓狼懷疑血統是否有問題……

假如是一夫多妻的獅群社會，假如是有播種機美稱的公鹿，灰滿不會有這等頭腦，矮中取長先找一個來，以解發情期的渴望。

但灰滿是狼，狼的婚配形態遠比人類想像的要嚴肅得多。不說是嚴格的一夫一妻制吧，起碼也是相對穩定的單偶制；不說是從一而終白頭偕老吧，也很少有朝三暮四感情隨便變卦的現象。狼的這種婚配的嚴肅性是被嚴酷的生存環境和漫長的育兒周期逼出來的。狼崽不同於鹿仔，鹿仔生下來兩個小時就會在草地上行走蹦跳，一兩天後差不多可以和母鹿跑得一樣快了，斷乳後即能獨立生活，不存在覓食的問題。狼崽就不同了，生下來好幾天才能睜開眼睛，嬰幼齡約有一年半左右，脆弱不能自衛，要靠成年狼的悉心照料，才能在兩歲半左右學會狩獵覓食，開始獨立生活。再者，牝鹿通常一胎產一仔，母狼一窩崽少則兩隻、多則五隻。一頭牝鹿不需要雄鹿幫助即能毫不費事的獨自將鹿仔撫養大；一匹母狼卻極難只靠自己就完成養育後代的重任。鹿仔吃草，狼崽吃肉，獲得鮮食肉食遠比獲得鮮嫩牧草要艱難得多，更何況還要投入相當的精力訓導狼崽學習複雜的狩獵技巧。沒有公狼的狼家庭，狼崽成活率極低極低。因此，母狼擇偶，除挑剔公狼的體魄外，還十分注重公狼是否更願意長時間陪伴在自己身邊。生存需要就是進化方向，情感取捨就是行爲準則。風流成性的公狼是很難受到母狼青睞的，久而久之，公狼基因中忠誠的一面越來越顯現出來。

灰滿既然不能浪漫輕率，使只好苦悶。

要是莎莎、白眉妞、泡泡沫和紅尾巴有黑珍珠那樣美麗的體貌，有黑珍珠一半的情趣就好了，灰滿悶悶的想。

就在這時，黑珍珠悄無聲息的出現在上游不遠的河段，蔥綠的草葉把牠襯托得像朵黑牡丹。牠雙目含情，頻頻向灰滿張望。從上游吹來的風，含著一股牠的體香。牠大約是發現清澈見底的淺水灣裡有條細鱗魚在閃動，噗的一聲躍進水裡，平靜的河面飛珠濺玉，水氣噴進牠的鼻孔，牠打了個噴嚏，顯得憨態可掬，天真而又可愛。

灰滿的視線像被磁石吸住了。

黑珍珠從淺水灣回到沙灘。金色的沙灘上鋪著厚厚一層夕陽。牠用爪子在沙灘上搔扒著，彷彿是要掬起夕陽揩乾身上的水珠。爾後，牠又踏進一片野苜蓿，蹭動細膩的脖頸，梳理那身黑得發亮的狼毛。

灰滿像灌了一肚子岩漿，熱得快燃燒了。

牠覺得自己沒有理由對黑珍珠無動於衷。無論體態、毛色和狩獵本領，黑珍珠在古戛納狼群的母狼裡是第一流的。美狼配狼酋，天造地設的一對。是的，黑珍珠曾經傷過牠的心，但那已經是過去的事了。牠灰滿是大公狼，公狼對母狼應表現出寬容。其實，也不能太怨恨黑珍珠了，牠想，站在黑珍珠的立場設身處地爲牠想想，在當時情景下表現出絕情絕義也不是不能原諒的。狼不是狗，狗因爲不愁吃不愁喝，沒有險惡叢林的生存危機，盡可以溫情脈脈，把感情擺到至上的位置。狼的世界從本質上說就是一個權衡利害的世界，感情不能當肉吃，只能是生存第一感情第二。在生存面前選擇麻利的與舊感情決裂，完全符合狼的道德範疇。那時候黑珍珠如果慈悲爲懷的多給牠灰滿幾眼憐憫，又有什麼意義呢？徒增傷感的纏綿而已。於事無補的憐憫是假憐憫，黏黏乎乎的生死離別完全不符合狼性。黑珍珠看著牠變成了一匹站不起來的殘狼，毅然決然棄牠而去，表現出超凡意志，更像匹眞正的狼。牠想，牠重新成爲狼酋後，黑珍珠又重溫舊情，站在狼的立場上，也是可以理解的。誰不想地位升遷步步登高？

好幾匹大公狼都覬覦黑珍珠的美貌，垂涎三尺呢！

過去的事就讓它過去吧，快樂的生活重新開始，灰滿想。

二十

灰滿策動著黃鼬朝黑珍珠靠近。

野苜蓿花的馨香和黑珍珠玉體的芳香，嗅得灰滿心旌搖曳。野苜蓿鋪著一抹晚霞，富麗堂皇，那輕煙似的暮靄就像掛著一籠含蓄的幃帳。身邊是淙淙流水，遠方是巍峨的雪峰，野苜蓿吸足了陽光的溫馨，眞是再理想不過了。

灰滿激情澎湃，踏進野苜蓿。突然，牠覺得自己無緣無故停了下來。牠可不想停頓，不想耽誤這美妙的時光，不想辜負這旖旎的春色。牠身體朝前傾動，兩條殘肢也在軟肋間示意著。吱溜，牠驚奇發現，自己的身體來了個原地一百八十度旋轉。本來自己的臉已湊近黑珍珠的臉，現在背對黑珍珠，扔出個毫無感情色彩的後腦勺。這不是牠的本意，一定是自己被即將到手的幸福弄得暈暈乎乎，撥錯了策動的方向，牠想。當然要儘快的再旋轉回去。牠用殘肢做了個明顯的旋轉指示，奇怪，屬於自己另一半身體的黃鼬木然僵立，毫無反應。牠以爲自己的指示不夠明確，便側身輕嗥一聲，兩條殘肢狠勁撳動，差不多快摳進黃鼬軟肋的皮肉去了，遺憾的是，牠的身體還是未能如願旋轉。

這是怎麼回事，怎麼會在這節骨眼上出這樣的差錯呢！

黑珍珠大概也按捺不住體內勃發的春情，噗哧一聲從背後躥到牠面前。這倒省免了牠的旋轉。灰滿轉憂爲喜，伸出舌頭想去親近，吱溜，牠的身體又平白無故的首尾顛倒了。牠這才清醒過來，是黃鼬在搗亂作祟。自牠跨上黃鼬的背重新站立起來後，黃鼬從來百依百順，牠要往東，絕不敢往西。牠從來就認爲黃鼬的腦袋是牠腦袋的翻版，黃鼬的精神是牠精神的複製。想造反了不成？灰滿怒從心頭起，惡向膽邊生，扭頭一口咬住黃鼬的一隻耳朵，使勁撕扭，逼迫黃鼬再轉回去。

牠是雙體狼，牠不能容忍自己的另一半身體違抗自己的意志，牠也不能讓自己的另一半身體在自己鍾情的母狼面前損壞自己的光輝形象。

黃鼬任憑牠怎麼撕扭也不動彈。

黑珍珠生性聰慧，善解狼意，似乎很能理解牠的苦衷，又蹦跳到牠面前。這個黃鼬，又要故技重演出牠的洋相了，身體想再度轉動。這次灰滿有了防備，咬住黃鼬耳朵不放。

呦嗅——黃鼬擰著脖子發出一聲嗥叫，聲音綿長尖細，如泣如訴，透出無限悲涼。

灰滿緊緊咬住黃鼬的耳朵不放。

黃鼬拚命掙動，噗的一聲，半隻耳廓被咬斷了；牠慘叫一聲，扭身躥出去，跑進朦朧的夜色。

灰滿像是失去了半邊身體，雙體狼眨眼間變成了單體瘸腳狼，站在苜蓿花叢中，滑稽的歪仄著身體。失去了黃鼬身體的支墊，世界又傾斜了，牠熾熱的情懷還沒及時冷卻，牠還衝動的向近在咫尺的黑珍珠靠攏去。歪腳歪走歪步歪行，歪得牠自己都不好意思了。撲通，牠跌倒在地，四條腿曲膝跪伏，這才保持身體平衡，卻又明顯比同類矮了一截。

黑珍珠那雙細長的狼眼裡，脈脈溫情疾速冷卻，好像終年積雪的日曲卡山峰有塊堅冰掉進牠眼眶去了；臉上的表情急遽變幻著，震驚、茫然、疑惑、嫌棄、憎惡。當灰滿在熾熱情懷的慣性下朝牠歪步靠近時，牠尖嗥一聲跳開了。那神態，就像路上有一泡發酵的狗屎，本能的要躲開這熏天的臭味。

灰滿求援的望著黑珍珠。別離開我，我現在比任何時候都需要你。來吧，靠近我，我就是你不斷拋飛秋波奉獻媚態的狼酋灰滿。我為了你不惜得罪身體的另一半，你總不至於翻臉不認狼吧！黃鼬走了，這又醜又笨的母狼走了不足惜，頂好讓牠餵老虎去。來吧！你來頂替黃鼬的位置，重新組合新的雙體狼，一定會比以前更儀態威猛，器宇軒昂，所向披靡。

黑珍珠連連朝後退卻。

一陣涼風掠過河面，帶著濃重的溼氣，吹拂著灰滿的身體。牠熱昏的腦殼總算有了幾分清醒。牠現在已不是威風凜凜讓同類膽寒的雙體狼。牠是跛狼、殘狼、站不直的廢狼。黑珍珠愛的是六條腿的雙體狼酋，而不是連自己身體都無法平衡的殘狼。牠在黑珍珠面前暴露了自己醜陋的虛弱的原形，那濃濃的愛意當然也就像霧似的飄走了。過去牠頭上籠罩著雙體狼酋的光環，現在身上凝結著的是一團殘狼的晦氣。黑珍珠不是黃鼬，不會犧牲自己來當牠的枴杖，當牠肉體的再生和意志的延伸，當牠身體的另一半。

黃鼬並沒有跑遠，就在苜蓿地外的河灘上奔來跑去，發出一聲聲委屈的嗥叫，被咬壞的耳廓裡滴出來的血漿浸了半張狼臉，那模樣就像從動物園逃出來的囚狼。

苜蓿花叢中異常的舉動驚動了散落在狹長河畔的狼群。好幾匹狼都跑來瞧熱鬧。灰滿臥在開著紫色碎花的苜蓿裡，一動也不動。牠不能動，也不敢動。牠一動就會露拙，一動就會威信下跌。牠絕不能在臣民面前暴露出殘狼的窘迫來。可好幾匹愛管閒事的狼瞅瞅黃鼬，又瞅瞅故作鎮靜的牠，囂叫個不停，肉陀、哈斗和瓢勺還歪嘴斜目的扮著怪相，面露鄙夷。

灰滿衝著失魂落魄的黃鼬齜牙咧嘴嗥叫一聲。假如牠現在能站起來，能像正常的狼那樣撲躥跳躍，牠會毫不猶豫的撲到黃鼬身上，不咬斷牠的喉管也起碼要咬掉牠另一隻耳朵，讓牠變成無耳狼！牠恨透了牠的背叛。

灰滿的惱怒是有理由的。是的，黃鼬使牠由殘狼變成名聲顯赫的雙體狼，但牠也成全了黃鼬，恩惠雙向交流。黃鼬過去在古戛納狼群算個什麼東西嘛，醜八怪，鼻涕蟲，沒誰瞧得上眼的賤狼，吃的是骨渣皮囊，睡的是灌風漏雨的次等角落，瘦得皮包骨頭，狼毛黯淡得就像用秋天的枯葉搓成的。但自從和牠灰滿合二爲一成爲雙體狼後，地位扶搖直上，可以說是和牠共同享用著狼酋榮耀。吃的是糯滑可口的內臟，睡的是安全溫暖的狼圈中央。從此不再受那奴役的苦，身體養豐滿了，狼毛也有了光澤。雖說在豹口奪雛中失去一隻眼睛，但得到的比失去的要多得多。沒有牠灰滿，黃鼬能有今天嗎？眞是個忘恩負義的傢伙，竟然敢壞牠好事，棄牠而去，讓牠在眾目睽睽下跪臥在苜蓿花叢裡不敢站起來。

肉陀、哈斗和瓢勺不懷好意的在牠身旁轉來繞去。這些都是野心勃勃的大公狼，信奉的是強者生存的叢林法則，牠們的狼眼綠熒熒的，早沒了平時的尊重與服從，而是疑竇頓生，東瞧瞧西聞聞，似乎要看出什麼蹊蹺來。

牠必須儘快站起來，灰滿想，要搶在這些個桀驁不馴的大公狼發現牠是匹不堪一擊的殘狼前站起來，恢復雙體狼的威風與尊嚴，才能避免篡位奪權的禍變。牠心裡很清楚，自己雖然曾豹口奪雉扭轉乾坤挽救了古戛納狼群免遭崩潰，但並不能因此而終身爲酋；狼群社會沒有功勞簿，沒有舊事重提的習慣；昨天牠輝煌，牠便是狼酋，今天牠倒楣，地位便暴跌。

牠聲嘶力竭的向黃鼬咆哮，想威懾住黃鼬叛逆的狼心。遺憾的是，黃鼬不知是吃錯了藥還是搭錯了神經，根本不予理睬，仍像瘋了似的呦嗅呦嗅哀嗥，東蹦西躥，躥到黑珍珠面前時，喉嚨裡咕嚕咕嚕發出一長串刻毒的詛咒。

灰滿明白，黃鼬是出於一種嫉妒才棄牠而去的。這醜八怪也不撒泡狼尿照照自己的尊容，也配和狼酋結爲終身伴侶嗎？可是，不立刻把這該死的醜八怪召喚回來，酋位就有可能得而復失。突然間，灰滿覺得自己無比虛弱，那高聳在牠心尖的雙體狼酋的自尊與自信動搖了，坍倒了，夷爲平地變成一片廢墟。牠覺得自己的命運實際上並沒操縱在自己手裡。什麼雙體狼，是牠自欺欺狼的童話。現在擺在牠面前的有兩種選擇，要麼堅持自己的感情取向，牠就是喜歡黑珍珠，你黃鼬要跑掉就滾遠一點好了，殘狼就殘狼，對狼來說反正活二十年左右大家都要死。如此選擇倒是挺有骨氣的，也挺解恨的，可是……可是黑珍珠牠……灰滿看見，黑珍珠正朝四肢健全肌腱發達的肉陀風騷的甩動尾巴，這也變得太快了點！

還有一種選擇，就是向黃鼬道歉，扼殺自己心裡那片如痴如醉的春情，向現實屈服，向命運投誠，這雖然很痛苦，卻能平息風波，使牠重新成爲不可一世的雙體狼。

後一種選擇比較明智。

灰滿不再扯著脖子咆哮，牠乾嚥了一口唾沫，將粗啞的嗓子洇溼得柔潤些。噢哈，噢哈，朝黃鼬叫喚。這像是落難公狼在召喚相依爲命的夥伴，這當然有失狼酋的身分，但牠已顧不了這麼多了。

黃鼬嗚咽了一聲，顛顛的跑過來，跑到離牠還有幾步遠的地方，突然又停住了，回身朝近旁的黑珍珠撲咬。黑珍珠也不是省油的燈，氣勢洶洶的回擊。黃鼬抵擋不住，繞到灰滿背後，嗥個不停。

灰滿聽懂了黃鼬的心聲：牠不相信牠眞的不再留戀黑珍珠了，牠怕牠火燒芭蕉心不死，牠要牠拿出行動來證明對牠的忠誠，牠才肯回到牠身邊去。

這是有前提的和解，有代價的妥協。

灰滿心一橫，將陰毒的眼光瞄向黑珍珠。

黑珍珠見黃鼬躲到灰滿身後，便逕自躥起來，躍過灰滿的頭頂，去咬黃鼬。

一條黑色的光帶從灰滿脣吻上方劃過。

猛的，灰滿用四隻膝蓋支撐著大地，狂嗥一聲，伸長脖子向上咬去。這一口咬得又狠又準，一排尖牙全嵌進黑珍珠柔軟的腹部。黑色的光帶驟然跌落，變成一隻滿地亂滾的黑球。

月光下，灰滿兩隻狼眼裡淚光閃爍，一顆狼心沉進無底深淵。雖然黑珍珠有負於牠，牠還是打心眼裡喜歡黑珍珠的。那錦緞般閃光油亮的黑毛，那婀娜多姿的體態，那彷彿用麝香擦過的體味，都令牠神魂顛倒。永別了，美妙的春情。牠曉得自己這一口咬下去，算是咬斷了牠和黑珍珠過去所有的情絲愛線，從此以後，牠和黑珍珠就成了睚眥相對的冤家對頭。牠雖然咬在黑珍珠的身上，自己的心尖也像被毒蛇咬了似的痛。

牠歪歪的站了起來。

黑珍珠腹下滴著血，滿臉怨恨，發出一串淒厲的嗥叫。

或許是牠咬得太重太凶太狠毒太莫名其妙太不近情理，引起了眾狼的不滿，或許是見牠雙體一分為二身體歪倒已失盡狼酋風采，幾匹大公狼忽啦一聲圍了上來，氣勢洶洶，張牙舞爪。

突然，黃鼬像陣風似的奔到牠右側，十分熟練的做了個半蹲姿勢，牠曉得黃鼬會這樣做的，牠張嘴去咬黑珍珠，其實就是在向黃鼬表明自己悔過的心跡，這是一種最有效的召喚。牠輕輕一跨，兩條殘肢就麻利的勾住了黃鼬的軟肋。剎那間，兩個被拆散的單體合二爲一，牠又是令狼生畏的雙體狼酋了。

圍上來的大公狼你望我，我望你，不知所措。

灰滿跨在黃鼬背上，威風凜凜的長嗥一聲。那嗥叫聲挾帶著王者的氣勢，高高在上，傲視一切，目空一切，具有不可抗拒的威懾力量。肉陀、哈斗、瓢勺和寶鼎都不由自主的縮短脖頸，曲蹲四肢，朝後退卻。

危機過去了。

黃鼬扭過臉來，將粗俗的脖頸在牠臉頰間摩擦，大概是在對牠表示撫慰，可能還含有示好的意思。灰滿感到噁心，可又躲不開。灰滿的狼牙無意間觸碰到黃鼬脆嫩的喉管，極想順勢一口咬下去，極想聽聽喉管被咬斷的那聲脆響，牠想，那一定比大雪天叼著隻羊羔更痛快。

當然，這只是想想而已。

牠還要活下去，還要做雙體狼酋。

二十一

灰滿跨在黃鼬的背上再沒了那種牢不可摧的穩固與自信。牠覺得雙體狼其實絲毫也改變不了殘廢的事實，不過是一種暫時的修補和巧妙的掩飾罷了。

表面上，牠仍是古戛納狼群的雙體狼酋，可一種根深柢固的自卑感卻像影子似的伴隨著牠。爲了擺脫自卑的陰影，牠在眾狼面前表現得比過去更英武勇猛，哪怕面對長著一口利牙的狗獾，牠都會毫不猶豫的策動黃鼬從正面猛撲上去，旋風般的把狗獾的喉管一口咬斷。牠的頭顱比過去抬得更高，眼角也吊得更斜，儘量表現出不可一世的非凡氣度。狼群中地位卑賤的老狼或草狼偶有過失，牠絕不輕饒，把權勢和威嚴發揮得淋漓盡致。有一次，狼群棲息在一個小山洞裡，半夜下起滂沱大雨，老狼馬尿泡本來是躺在洞口的，大概受不了風澆雨淋，偷偷擠進洞來，昏頭昏腦一直擠到牠灰滿身邊。牠怒嗥一聲撲上去，把馬尿泡咬得皮開肉綻，逐出山洞，在風雨雷電中待了整整一夜。牠這樣借題發揮，是要向眾狼證明，更重要的是要向自己證明，自己還是匹身心兩健的雙體狼酋。

奇怪的是，這一切努力都無法抹去牠心靈上的陰影。

一天半夜，牠感覺到自己右側的身體涼颼颼的，從夢中驚醒，以爲黃鼬又棄牠而去，哀嗥起來，結果是虛驚一場，黃鼬不過是發現一隻毒蠍子快爬到身上來了，便挪了挪窩。唉，風聲鶴唳，差不多到了神經過敏的地步了。

外在的剛強和內在的虛弱形成強烈反差，促使灰滿異想天開：假如天下所有的大公狼都是殘疾，你也殘，我也殘，牠也殘，大家都殘，價值對等，你也不能笑我，我也不能笑你，就好了，牠傾斜的心理就能得到平衡，紊亂的心緒就能恢復寧靜。

可惜的是，牠沒法使古戛納狼群中所有的大公狼都變成殘疾。

二十二

豁嘴寶鼎露骨的向黃鼬大獻殷勤。

每當灰滿策動黃鼬用再度躥高和立體撲擊獵獲了斑羚或馬鹿後，其他狼都擁上來舔牠灰滿的身體並嗥叫致意，就寶鼎與眾不同，嗷嗷叫著，來到黃鼬面前，欽佩的眼光直勾勾盯著黃鼬，舔著黃鼬的前肢，向黃鼬頂禮膜拜。

每天清晨，一輪紅日剛剛掛上日曲卡雪峰，寶鼎就來到黃鼬視線所及的地方，飛快奔跑，一個接一個躥高躍起。在火紅朝霞的映襯下，寶鼎黑黃混雜的狼毛泛動著一層炫目的光暈，飽滿的肌腱凹凸分明，充分展示出雄性的健美與力度。

寶鼎看黃鼬，那雙狼眼亮得像閃電，就像兩股企圖融化冰層的流火，毫不掩飾一種雄性對雌性的思慕與渴望。

連傻瓜也不會相信寶鼎這麼做是出於發情期的一種自然衝動。

雖說黃鼬自從和牠灰滿合二爲一成雙體狼後，由於地位擢升，精神面貌煥然一新，過去喪家犬般的賤相一掃而光，組合在牠灰滿右側趾高氣揚的也有幾分富貴氣了；但黃鼬四條狼腿天生就短，身段豐滿後，那腿就顯得更短，短得簡直有點畸形了。脊梁下陷，變成難看的馬鞍形；還缺了半隻耳朵，瞎了一隻眼，嚴重破相。而寶鼎雖然被鹿蹄踢豁了嘴，不過稍稍有礙觀瞻而已，並不影響噬咬，仍是出類拔萃的大公狼。寶鼎那條被老豹子咬跛的腿也早就痊癒，不瘸不拐。按寶鼎的地位，雖然追不到像黑珍珠這樣的美貌母狼，但中檔次的配偶並不難尋。事實上泡泡沫經常有事沒事圍著寶鼎悠轉，很有點那個意思。泡泡沫除了天生一張歪嘴喝水會吐泡泡外，身材、毛色和氣質都可以和黑珍珠相媲美。

寶鼎是豁嘴，豁嘴配歪嘴，天造地設的一對。但寶鼎對泡泡沫視而不見，偏偏來打黃鼬的主意。

灰滿一眼就看穿寶鼎討好黃鼬的眞正目的。

寶鼎也是天生一匹野心狼，總想出狼頭地，那張豁嘴就是最好的證明。那是老狼酋波波老眼昏花剛剛掉進獵人的陷阱，肚皮被竹籤扎通還沒最後嚥氣，灰滿和肉陀這對並駕齊驅的雙傑還沒來得及展開爭權惡鬥，陷阱旁的樹林裡突然跑出一頭長著八叉大角架的公鹿。飢餓的狼群立刻把公鹿團團圍住。樹林裡展開了一場殊死的搏殺。公鹿不像牝鹿和鹿仔，狼群圍上後會魂飛魄散束手待斃；公鹿憑藉著頭頂那對琥珀色的堅硬的角架和四隻強有力的鹿蹄會作一番抗爭。按狼群對付公鹿的傳統習慣，是先圍而不咬，用嗥叫用佯攻用四面八方的不停的騷擾耗盡公鹿的體力，摧毀公鹿的求生意志，等公鹿差不多筋疲力竭時再由四五匹大公狼前後左右一起撲上去撕扯噬咬。這樣時間雖然拖得久些，但狼群可避免無謂的損失。但這一次，寶鼎卻一反傳統，狼群剛將公鹿圍住，牠就迫不及待的撲躥上去。很明顯，這傢伙看著古戛納狼群酋位空缺，想藉這場狩獵嶄露頭角，威震狼群，脫穎而出，升格爲酋。公鹿剛剛被圍，銳氣尚在，暴烈的晃動角架，即使雪豹面對這種情況也會有所顧慮。但寶鼎利令智昏，第一次撲躥到公鹿的肩胛，被公鹿一陣狂跳顛了下來，差點被鹿角扎通肚皮。牠還不汲取教訓，繞到公鹿身後緊接著就再次冒冒失失撲了上去。機警的公鹿早有覺察，當寶鼎躥到半空時，猛的尥蹶子，一蹄踢在寶鼎嘴上，寶鼎當場就被踢得像隻風箏飄起來，跌到地上老半天沒叫出聲。這傢伙酋位沒撈著，反賠了半張嘴，從此變成了閉不攏嘴巴的豁嘴狼。

歷史是現實的一面鏡子。灰滿從寶鼎的過去不難揣摩出這傢伙現在的打算。這匹狡猾的豁嘴狼一定從野苜蓿花叢裡黃鼬因嫉妒而反目的事件中看透了一個祕密，雙體狼並非天生雙體，也不是血肉相連靈魂互滲的並體，而是一種組合或是一種湊合，是可能拆散卸開的。只要讓黃鼬脫離牠灰滿，哪怕離開一尺遠，牠灰滿的威風和勇猛就一落千丈，不可一世的雙體狼就變成了不堪一擊的殘狼。於是，這野心勃勃的豁嘴狼就想用春情來迷惑並籠絡黃鼬，引誘黃鼬棄灰滿而去，然後就可以不費吹灰之力取代牠灰滿當上狼酋。

這如意算盤打得眞精啊！

面對豁嘴寶鼎的百般挑逗，黃鼬開始還能保持頭腦清醒，冷落冰霜，不屑一顧。但幾天後，黃鼬的情緒就有了微妙的變化，欣賞完寶鼎展示雄性健美與力度的露骨表演後，那隻獨眼亮得就像夜晚獵人捏在手裡的手電筒，溫熱的脖頸朝牠灰滿伸過來，毫不害臊的想同牠交頸廝磨。灰滿不得不將自己的脖頸使勁扭開去。於是，黃鼬那隻獨眼裡駭人的光亮變成綿綿無盡的哀怨。

灰滿無論如何也不能遷就黃鼬這種感情。牠歷來把黃鼬看成自己身體的延伸部分，降一格也是一根活枴杖，怎麼能和自己身體的另一部分或者說是枴杖結爲伉儷呢？牠寧願去和冰涼的石頭交頸廝磨！

慢慢的，黃鼬面對寶鼎的挑逗表演不再冷若冰霜，那隻獨眼溫情脈脈，有幾多讚許，有幾多鼓勵。

這野心勃勃的豁嘴寶鼎，賊忒兮兮的眼睛一定也看出黃鼬正掛在感情的空檔上，便更賣勁的進行挑逗。狂熱得就像全世界所有的母狼全死光了只剩下黃鼬似的。灰滿看在眼裡恨在心裡，自然而然萌生出一個歹毒的充滿血腥味的念頭：用最嚴厲的手段教訓這野心勃勃的豁嘴寶鼎！

牠是狼酋，牠有權懲罰任何忤逆的行爲。

二十三

灰滿耐心的等到西墜的太陽與山麓形成一條水平線，然後策動黃鼬繞到豁嘴寶鼎背後。這個地形十分有利，緩緩的斜坡猶如一條加速跑道，可以使衝擊更加迅猛。角度也堪稱最佳，處在西端，落日就在背後，不影響自己的視線；而寶鼎即便發現異常，迎著太陽舉目觀望，直射的陽光會攪得牠眼花撩亂，只看得見一片奇譎的光斑和流動的光影。

灰滿跨著黃鼬好像散步一樣神態悠悠的來到預定的出擊地點，突然，牠將兩條殘肢猛的在黃鼬軟肋上一勾，做了個立體撲擊的暗示。黃鼬條件反射般的全身狼毛豎起，嗖的一聲順著緩坡躥下去。

灰滿沒有嗥叫。偷襲是成功的訣竅。

灰滿不愧是智慧出眾的狼酋，事情的發展完全和預想合拍。黃鼬還以爲是發現了有價值的獵物，勾著頭飛奔。雙體狼猶如流星猶如飛箭猶如雙筒獵槍裡同時噴出的兩顆鉛彈。差不多躥到離豁嘴寶鼎還有幾公尺遠時，牠才發覺異常，轉身來看，那金針似的猛烈的光線刺得牠雙眼瞇成一條縫。好極了，牠灰滿需要的就是對手傻愣發呆的瞬間。等豁嘴寶鼎的在陽光下勉強睜圓了眼看清是怎麼回事，從懵懂中驚醒過來，已經遲了，牠已成爲雙體狼嘴下的犧牲品。

經過千百次的錘鍊，灰滿立體撲咬的技藝已爐火純青，萬無一失，威力大得猶如人類裡的原子彈。牠設計的具體步驟是這樣的：牠高高起跳朝寶鼎撲壓下去，驚愕的寶鼎必然會後肢直立迎戰，牠張開利牙拚命朝寶鼎喉管咬去，寶鼎必然將注意力集中在牠身上，兩條前肢伸出來抵擋牠的身體，嘴吻也會一個勁的朝牠反咬，這個時候，寶鼎的下肢全暴露出來，黃鼬就乘虛而入，一口咬向生殖器……

灰滿覺得用立體撲擊教訓豁嘴寶鼎，還有一個附帶的好處：是黃鼬的利牙咬殘了寶鼎，也就咬斷了潛在的情緣，寶鼎不僅肉體上受到傷害，靈魂也會受到重創。

這眞是妙不可言的雙重打擊。

灰滿這麼想，這麼做，絲毫不覺得有什麼道德上的顧慮。以牙還牙，以血還血，這就是狼的處世風俗。牠要保住自己雙體狼酋的地位，必須這樣做。

在中國的方形文字裡，狼字比狠字多了一點，或許可以這樣解釋，再狠一點，多狠一點，就是狼。

灰滿就是這樣一匹標準野狼。

牠躥到茫然不知所措的豁嘴寶鼎面前，在起跳完成立位撲咬的最後一個動作前，氣勢磅礴的朝黃鼬耳朵裡嗥了一聲，這是一種斬釘截鐵的命令，牠要震得黃鼬耳膜發疼，腦子發熱發狂，狼眼發綠發直，最好是暫時喪失全部理智，瘋咬一通。

灰滿躍到空中，豁嘴寶鼎果然躥直身體來倉皇應戰。兩副狼牙互相磕碰得咔嗒咔嗒響。豁嘴寶鼎的怎麼說也是出類拔萃的大公狼，不會像羊羔那樣一口被咬斷喉管。灰滿只咬壞了寶鼎的嘴唇，讓那張豁嘴更豁得怪誕；寶鼎也咬傷了灰滿的鼻子，但願別影響今後的嗅覺。灰滿在空中沒占到什麼便宜，這是預料中的事。牠所有的希望全寄託在底下黃鼬的身上。

唔，黃鼬有足夠的時間讓寶鼎嘗嘗立體撲咬的滋味的。

短暫的空中噬咬很快告一段落，灰滿落回地面，跟往常一樣，黃鼬已待在牠的落點，使牠一沾地便成爲一匹雙體狼酋。

豁嘴寶鼎也跌落地面，翻了個筋斗。

灰滿豎起耳朵想聽豁嘴寶鼎的淒厲哀嗥，瞪起眼睛想看牠身上迸濺出來的血漿。

奇怪的是，豁嘴寶鼎只是在地上打了個滾，沾了一身塵土草屑，臉上並沒有受到致命傷後的悲痛，只有一絲驚恐；喉嚨裡發出的不是哀嗥，而是憤懣的低嗥；生殖器完好無損，兩條後腿也不淌血。豁嘴寶鼎站起來悻悻的走開去，四條腿穩健有力，不瘸不拐，連閃也不閃一個。

再扭頭看黃鼬的嘴，乾乾淨淨，嘴角邊沒有一絲血跡，沒有一根狼毛。

灰滿明白了，黃鼬鑽進寶鼎的下腹部，沒捨得咬！小賤狼一定是在最後一瞬間聞到了寶鼎的體味，於是，及時緊閉了狼嘴。

瞧牠兩隻充滿歉意的眼睛直勾勾望著遠去的豁嘴寶鼎，那條蓬鬆的狼尾豎直擺動，分明是在吟唱賠罪的心曲嘛！

何。

灰滿精心設計的懲罰行爲可悲的流產了。牠痛心疾首，卻又無可奈何。

這時，母狼莎莎從雙體狼面前經過。莎莎肚子裡已有了狼崽，眉眼間顯露出孕狼的慵懶，過去風風火火的勁頭被一種嫻靜端莊的未來母親的形象所代替。

黃鼬的視線突然轉向，盯著莎莎微微隆起的肚皮，顯出妒嫉和羨慕混雜的表情。

灰滿明白了，黃鼬已不是當年的賤狼，只要能混飽肚皮就心滿意足；黃鼬已變成一匹成熟的正常的母狼，有生兒育女的自然衝動。

灰滿曉得母狼的這種想要生兒育女的自然衝動是多麼強烈。

唉，灰滿在心裡深深的嘆息。

二十四

暮春的一個傍晚，在一片鬆軟的狗尾草叢裡，灰滿同黃鼬結成了配偶。

沒有歡愉，只有苦澀，對灰滿來說，這是一宗不能不做的交易。付出去的是感情，換回來的是平安。

果然，豁嘴寶鼎見黃鼬感情有了歸宿，便知趣的躲開了，很快和歪嘴泡泡沫好得如膠似漆。

但願從此後，黃鼬會死心塌地廝守在牠的身邊，永遠做牠肉體的再生和精神的延伸，灰滿想，但願自己眞正變成了一匹任何力量都無法拆散的頂天立地的雙體狼酋！

二十五

黃鼬懷上了小狼崽。繁衍生命，是自然規律。

隨著黃鼬的肚子一天天鼓大，灰滿覺得跨在黃鼬背上變得越來越不舒服了。過去，黃鼬四肢奇短，背脊凹塌，像恰到好處的馬鞍，牠兩條殘肢跨下去，身體平穩如常。可現在，黃鼬彎成月芽形的脊梁骨慢慢開始挺直，就像一彎下弦月正在圓滿。原因很簡單，黃鼬本來四肢就短，行走時差不多肚子快貼著地面了，現在懷了狼崽，肚皮就像半顆香柚似的腆了出來，假如再用過去那種姿勢走路，肚皮就會擦著地面。

這就苦了灰滿，右側身體明顯升高，走起來不但累，身體還歪斜得難受，還會晃蕩。牠使勁將兩條殘肢踩踏下去，要讓黃鼬的脊梁骨恢復原形，但沒用，走著走著，那該死的脊梁骨又開始上升。有兩次，在草地上追逐獵物，跑著跑著，大概是黃鼬腆鼓的肚皮被地面隆起的樹根、土塊或岩角擦著了，猛的弓起脊梁來，灰滿沒防備，身體突然偏仄，滾落下來。

事情變得越來越糟糕。

這天，狼群追捕一隻黃猴，黃猴逃到一棵大樹下摟住樹幹往上爬，想逃到狼可望不可即的樹梢去避難。灰滿追到樹下時，黃猴剛剛攀爬到樹腰，這恰恰是灰滿再度躥高的有效高度。牠躥上去了，也很順利的把黃猴從樹腰上攫抓下來，落回地面時，兩條殘肢也準準的落在黃鼬脊背上。這套已實踐過無數遍的動作卻在最後的時刻發生了可怕的意外。灰滿的身體半空中落下來，像柄重錘，將黃鼬的肚子重重砸了一下，黃鼬驟然間爆發出一聲撕心裂肺的慘嗥，四肢抽搐，身體癱軟在地。這時，假如灰滿把兩條殘肢從黃鼬背上放下來，黃鼬可以喘口氣，少受點痛苦，但眾狼就在面前，放下殘肢等於自動拆散雙體，暴露自己虛弱的殘狼本色，灰滿無論如何也不能做有損自己光輝形象的傻事。牠不動聲色的繼續把兩條殘肢勾搭在黃鼬背上。

黃鼬用充滿哀怨的眼光望著牠，噢噢叫著，叫得很傷心，叫得極淒涼。

灰滿雖然在眾狼面前仍頑強保持著雙體狼酋的姿勢，但心裡卻油然產生一種萬劫不復的感覺。牠跨在黃鼬背上，張開嘴，噢嘰——噢嘰——叫起來，那叫聲聽起來像匹病入膏肓的老狼，像被獵人套狼杆套住了脖頸的亡命狼，像得罪了權貴被逐出群體漂泊流浪的孤狼，像暴風雪中奄奄一息的餓狼，像灌了一肚子水正在漩渦間掙扎的溺狼，像被關進動物園鐵籠子的囚狼。

這不僅僅是一種發洩。

二十六

公原羚的皮毛油光水滑，兩支布滿稜脊線的羊角猶如兩柄彎刀，站在百丈崖邊緣，瞪著血紅的眼睛，喘著粗氣，扭著脖頸，一副孤注一擲的賭徒表情。

擁上崖頂的狼群你望我我望你，誰也不敢貿然撲上去撕咬；倒不是畏懼公原羚頭上那兩支對稱、美觀而又犀利的羊角，而是對如此險峻的地形有所顧慮。

顧名思義，百丈崖高聳入雲，懸崖下的深淵幾乎望不見底。崖壁陡峭，像用天斧削過似的，平滑得連條可以站腳的雨裂溝也沒有。崖頂的地勢又向深淵傾斜，比九十度的直角更陡更險。狼們心裡很明白，假如貿然撲上去，撕咬成一團，窮途末路的公原羚橫豎一死，會不顧一切向深淵躥跳下去的，那麼，誰撲在公原羚身上誰倒了血楣，會被一起掖帶進深淵，玉石俱焚，同歸於盡。

爲了吃頭羊損失掉一匹狼，這自然是賠本的買賣。

狼群在崖頂散成扇形將公原羚圍住，齊聲嗥叫起來，那狼嘴裡噴出的血腥氣流，把面積不大的崖頂熏得像屠宰場。

狼群想用尖厲刺耳的嗥叫聲震得公原羚靈魂出竅，想用血腥味熏得面前這頭素食主義者噁心反胃，最好口吐白沫鬧個羊癲瘋什麼的暈倒在地，這樣就不用擔風險就吃到羊肉喝到羊血了。

可惱的是，這頭公原羚不知是天生傻大膽，還是自知逃脫不了餓狼的魔掌，抱定了必死的決心，竟出奇的鎮定，沒被嗥叫聲和血腥味嚇倒，仍圓睜雙目低著腦殼頑強的朝狼晃動羊角。

寶鼎和肉陀一左一右，悄悄順著懸崖的邊緣線包抄過去，企圖像攔網一樣從背後攔住公原羚，逼迫公原羚離開危險的懸崖邊緣，向裡靠。眾狼配合得十分默契，密集的隊形嘩的散開了，露出一個可供公原羚逃生的豁口，這當然是狼的一種計謀，只要公原羚離開傾斜的懸崖邊緣，一進入平坦地段，狼群立刻會重新圍上去，把這該死的傢伙撕成羊雜碎。

公原羚沒有上當，牠發現寶鼎和肉陀左右包抄過來時，非但沒向裡靠，反而又後退了一步，後腿的兩隻羊蹄只差幾寸就要踩空了。

寶鼎和肉陀只得悻悻的放棄包抄攔網的企圖。

狼開始從正面強行逼趕。哈斗和飄勺張牙舞爪疾奔到公原羚面前，彷彿就要撲上去噬咬了，在最後還差一兩尺遠時才收斂住腳。牠們是想把公原羚嚇得倒退一步，不，只要嚇得倒退半步就行了，兩隻羊蹄就會踩空，就會墜進深淵，摔成羊肉醬。狼群無非是多繞點路，到百丈崖下去撿食就行。當然，會損失掉一腔鮮美的羊血，但總比這樣無休止的僵持下去要好得多。

公原羚四隻羊蹄彷彿生了根一樣，佇立在懸崖邊緣紋絲不動，任憑哈斗和瓢勺怎樣威脅恫嚇，怎樣逼眞的表演廝殺動作，就是不肯後退。看來這顆羊腦袋並不糊塗，知道再後退半步就是死神看守的地獄。

狼群和孤羊在百丈崖頂對峙著，各不相讓。

就在這時，灰滿策動著黃鼬朝懸崖邊緣的公原羚去。灰滿雙目威嚴，步履沉穩。牠覺得自己出場得恰到好處，既然其他狼使用各種手段都對付不了這頭公原羚，就該由牠狼酋出面來收拾殘局，這順理成章，沒有破綻，疑心再重的寶鼎和肉陀也不可能瞧出牠這次出擊的眞正意圖，牠想。牠悲壯的心境未免有一絲小小的得意。

其實，當黃鼬懷上狼崽後，牠就隱隱約約有一種生命之河流到了盡頭的感覺。牠不可能再繼續跨在黃鼬背上做雙體狼酋。黃鼬的脊梁一天比一天挺得直，用不了多長時間，就會像正常的母狼那樣挺成一條筆直的水平線。牠跨上去往左邊歪，不跨上去往右邊歪，無論跨與不跨，都是歪腳殘狼。

還不單純是牠能否跨得舒服的問題。

那次跳到大樹上逮捉黃猴，差不多就傷著黃鼬的胎氣了。這以後，牠再也不敢使用再度躥高的獵食技巧。即使牠想使用，黃鼬也不會願意。連續好幾天了，黃鼬只馱著牠慢慢蹓躂至多在平地上小跑一陣。

前天傍晚，狼群圍住一頭牝牛，牠想用立體撲擊去結束牝牛性命，但用殘肢在黃鼬軟肋上勾勒了幾次，黃鼬都沒聽從吩咐。黃鼬一定是擔心劇烈的運動會傷著肚子裡的小狼崽，這種擔心當然不是多餘的。但對牠灰滿來說，不能再度躥高，也不能立體撲擊，等於抽掉了兩根牠賴以生存的精神支柱，徒有雙體狼酋的空名了。

離公原羚越來越近了，離懸崖邊緣越來越近了，離黑色的死神也越來越近了。

黃鼬似乎感覺到了什麼，忸怩著不肯再繼續往前走。灰滿狠勁將兩條殘肢扣緊黃鼬的軟肋，強迫牠服從。

請最後做一次我的陪襯，我的鋪墊，我的跳板！

灰滿沒有第二種選擇，除非牠願意由八面威風的雙體狼酋再變成受到唾棄和凌辱的殘狼。就在昨天半夜，萬籟俱寂，狼群都睡著了，黃鼬突然扭動身體，從牠殘肢下掙脫出來。黃鼬蹲在牠面前，低著頭不停的舔著自己隆起的肚皮，月光下，那張醜陋的狼臉漾起一層母性的聖潔的光輝。雖說在黎明前黃鼬又自覺的鑽回牠的殘肢下，但灰滿不能不想到，總有那麼一天，黃鼬會再也忍受不了牠的重負，狠起心腸把牠從背上抖落下來的。或許黃鼬會顧及牠的面子，不當眾甩落牠，不讓牠當眾暴露殘狼的原形，而是悄悄把牠馱進一個隱祕的小山洞，讓牠過隱居式的殘狼生活，每天送些骨渣皮囊來給牠充飢，使牠不至於餓死。這寂寞孤獨見不得狼的日子牠灰滿能過得下去嗎？更何況狼群發現雙體狼酋神祕失蹤，不可能不四處尋找，憑著狼靈敏的嗅覺，怎麼可能找不到牠呢？

灰滿相信黃鼬會這麼做的。對黃鼬這樣的母狼來說，肚子裡的小狼崽比自己的生命更重要。

公原羚惡狠狠的盯著牠，那雙布滿血絲的羊眼裡沒有畏懼，只有憎惡與仇恨。兩支羊角大幅度的擺動著，似乎在無聲的警告：別過來，我反正死定了，你要敢過來，我即使不能用羊角挑你個肚破腸流，也一定拖著你一起跳進深淵去！

好極了，這正是牠灰滿所期待的結局。

牠估量了一下距離，差不多可以起跑撲躍了。牠用殘肢在黃鼬軟肋上做了個暗示，但黃鼬腳停了下來，牠低頭望去，黃鼬一隻獨眼裡淚水迷濛，晶瑩一片。

作爲形影相隨的雙體狼，黃鼬不可能不知道牠此刻撲向公原羚的眞正意圖。牠捨不得牠離去，牠想阻止牠。一瞬間，灰滿有點感動了。不過，牠的決心不會動搖的。要麼作爲殘狼苟活在這個世界，要麼作爲雙體狼齒離開這個世界，生活只給了牠兩種選擇，牠選擇後者。

牠扭頭一口咬住黃鼬的後頸皮，強行起跑。

黃鼬嗚咽著，朝公原羚飛奔。

黃鼬跑得又快又穩，脊梁也凹彎得恰到好處，渾然是一匹彼此毫無芥蒂的雙體狼。灰滿覺得自從黃鼬懷上小狼崽後，還是第一次跑得這麼順利，這麼輕盈，這麼快捷。

灰滿感激的瞥了黃鼬一眼。到底是雙體並行差不多快一年的夥伴，雖然悲哀，卻能理解並尊重牠的最後選擇。

離公原羚越來越近了，七公尺……五公尺……三公尺……

灰滿鬆開叼住黃鼬後頸皮的嘴，猛力跳躍，像道灰色的閃電，躥向公原羚。

黃鼬被一股強大的反衝力蹬得向後倒去，在崖頂上打了兩個滾。但願沒傷著黃鼬的胎氣，灰滿在空中想。不管怎麼說，黃鼬肚子裡懷著的小狼崽也是牠灰滿的骨肉，牠希望牠們能平安出世。

牠撲到公原羚身上，抱著羊背，準確的一口叼住公原羚脆嫩的喉管。牠叼而不咬。這樣公原羚才會激情澎湃的掙扎跳躍，才會使廝鬥場面充滿詩情畫意，才會浪漫而又扣狼心弦。

公原羚在求生本能的催動下，跳躍起來，頂著灰滿，馱著灰滿，跳離懸崖，躍上天空。恰如一個漂亮的再度躥高。當公原羚躍上極限時，灰滿用力一合狼嘴，咔嗒一聲輕微的脆響，公原羚的喉管被咬斷了，羊血噴濺，碧藍的天空綻開一朵鮮艷的紅罌粟。

崖頂上所有的狼都翹首仰望天空，沒有輕浮的嗥叫，也沒有隨意的走動，一片虔誠，一片靜寂。

灰滿成功了，牠把自己雙體狼奤的尊嚴、威風和熠熠閃光的形象永遠定格並凝固在古戛納狼群每一匹狼的記憶深處。

牠騎在公原羚背上，往深淵墜落。現在牠徹底放心了，世界上再也沒有任何力量能損害敗壞牠雙體狼奤的光輝形象。

很久很久，深淵才傳出物體砸地沉悶的響聲。

黃鼬朝天長嗥，所有的狼都學著黃鼬的樣，蹲在懸崖邊緣，向藍天，向紅日，向遠處白皚皚的雪峰，向迎面颳來的尖硬的山風，向荒漠與空寂，向黑咕隆咚深不可測的谷底，發出陣陣長嗥。

這是對強者的拜祭，也是對生命的禮讚。

作家與作品

具有藝術魅力的動物小說

雲南師範大學信息傳播系教授　施榮華

在動物小說的行列中，沈石溪是一位異峰突起、碩果纍纍的作家。

沈石溪步入兒童文學領域，立志於動物小說的創作，有一種必然性。這種必然性，概括的說，是「童年的灰暗歲月，過早的踏上獨立生活的道路，爲沈石溪的創作打下了深厚的思想感情的基礎，他要探索人生的眞諦；西雙版納美麗而神奇的自然風光，觸發了他的藝術感覺和文學創作的衝動；原始森林和莽原荒山中的動物世界，直接給他提供了取之不盡、用之不竭的創作素材；而擅長講述故事與結構情節的藝術個性，使他終於找到了自己創作的最佳突破口：動物小說」。從總體上看，沈石溪的動物小說是從理想型（註一）向複調型（註二）發展，逐步趨於成熟的。《第七條獵狗》小說集代表了他前期的理想型作品，主要創造了一批具有人性意識的動物群體形象，奉獻給讀者的，是正在向邊境遷移的象群；為了主人的安危而奮不顧身與豺狗拚搏的獵狗；出色的完成傳送軍事情報的白鴿；在老虎嘴下奪回小主人生命的野牛；還有一頭虐待妻兒、頗有「大男子主義」的黑熊等。沈石溪這一「理想型」階段的動物小說，創作主體主要是透過驚險的故事與離奇的情節，寄寓人類社會真善美的社會理想；透過動物的各種矛盾鬥爭，歌頌英雄主義行為，讚美捨己為人的高尚品格，鞭撻邪惡與野蠻。

《象冢》標誌著沈石溪動物小說的創作走向了自由王國的境地，完成了「理想型」向「複調型」的過渡。這得力於作家博覽群書，深入探索和勤奮寫作。近年內，作家有意識的鑽研了動物行爲學、社會生物學等理論著作，認眞拜讀了傑克．倫敦和湯．西頓等優秀作家的重要作品，廣泛的汲取創作營養。在學習與創作實踐中，作家領悟到，透過各種動物（尤其是高等的哺乳動物）行爲來研究與探索人類社會的特徵與規律，這將會給動物小說注入永存的生命力。只要把自己的筆觸刺進動物的思維層，就會有永不枯竭的創作題材。沈石溪曾不無幽默的說：「興許寫出動物園裡動物的酸甜苦辣，恰好點中了人類文明社會的穴位，產生電擊後痠麻痠麻的感覺。」這俏皮的敘述中正包孕著作家立志動物小說的審美力量。

在《牝狼》、《狼王夢》、《一隻獵鵰的遭遇》、《殘狼灰滿》、《紅奶羊》和《暮色》等複調型作品中，它鮮明的表現出一種當代生命意識的流貫，流露了創作主體對動物小說具有象徵性的深層意蘊的藝術追求：如何提高個體生命的價值和生活的意義，成了這些作品的主旋律。

在這幾部動物小說中，沈石溪選擇了一些具有較高天賦和傑出才能的動物作爲表現對象，逼眞的刻劃了牠們的生理、心理特徵和生物社會習性，讓各種動物在小說中占據「主體性」的地位，從而塑造了一批具有一定典型意義的動物形象，從而確立了動物藝術形象的本體價值。《狼王夢》等作品追求恢弘的氣勢和生命的亮色，在形象的展示各種動物「弱肉強食」、「生存競爭」、「優存劣汰」等叢林法則下的拚搏廝殺中，包孕著某些人生哲理。比如《狼王夢》生動的描繪了紫嵐一心一意誘發和喚醒下一代爭當狼王的意識。這種強烈的競爭意識，在小說中被表現得那樣淋漓盡致而又眞實可信，這也許正是沈石溪動物小說藝術魅力所在。

（本文為重點節錄・原載一九九八年雲南師範大學學報第六期）

註一：理想型的動物小說是在傳統的寓言、動物故事的基礎上，注入新的因素而形成的。它往往把動物放在人類社會的某個特定的生活環境中，這環境或是美的或是醜的或是善的或是惡的，讓人物與動物交流感情，互相之間出現了或愛或恨、或信任或懷疑、或報恩或復仇等複雜關係。創作主體在詳盡描繪各種動物豐富的生物屬性、結構藝術情節的同時，透過藝術想像和聯想，在動物形象特定的行為中暗示出人類社會的某種倫理品格。儘管理想型動物小說也使動物的行為「社會人格化」，在動物形象身上也寄寓著作家的生活理想與審美情趣，以及無限的愛與恨，但它們是在尊重動物習性、不違背動物行為邏輯上的藝術提煉。

註二：複調型的動物小說：動物小說發展到八〇年代中後期，一部分中青年作家別開生面，獨闢蹊徑。他們自覺學習動物行為學和社會生物學等新理論，創造了具有本體意義的動物藝術形象。這種新動物小說如同兩個聲部組成的樂章，它們一方面嚴格按動物生活的特徵來規範所描寫對象的行為，依據生物社會的特點，著重刻劃作品「主人翁」的個性特徵，真實的表現各種動物形象的內心活動與靈魂世界；另一方面是在情節與場面的描繪中，融入創作主體深沉的形而上的人生哲理的思考，從而透過個性突出、性格鮮明，具一定靈性的動物形象來折射人類社會的特點。由於創作主體真實的把握了動物的自然屬性，所以這些形象並不是作家用來簡單表現人的思想感情、披著獸皮的人物形象。牠們不具備人性、人情和人的特點，只是與人的特點有著某種對應關係。

燃燒起生命的輝煌

浙江師範大學兒童文學研究所教授　黃雲生

作爲一種藝術走向，沈石溪在他所要表現的動物世界中往往注入許多對人類現實社會的思考。這在他多年來的動物小說創作中，可說是一以貫之的追求，已經形成了獨樹一幟的鮮明的個性風格。而《殘狼灰滿》在這方面的藝術探索，比起他過去創作的同類性質的動物小說，似乎又要更深進一步。一隻斷了兩條腿的殘狼，居然能在弱肉強食的動物生存圈中，從絕望中崛起，重新叱吒風雲！這一獨特的動物形象及其非凡的生命經歷，確有一種性格上和精神上的藝術震撼力。作者善於對動物世界和人類社會的某些相通、對應的現象和問題作出具有哲理意蘊的深入思考，並透過塑造動物本體形象把它藝術的表現出來。

爲了形象的揭示具有生命哲理的深邃主題，作者不惜將人類複雜精妙的心理感受融進動物心理，從而構成一種獨特的心理敘述視角。這也許是需要，是無奈。然而殘狼灰滿以及與牠聯體的「黃鼬」因此而變得靈化了。牠們不再是生物意義上的普通的狼，而是具有高度靈智和複雜情感的生命，是精神、性格、力量的化身。這樣，作品就產生了濃濃的童話意味。

這種越出常規的藝術表現，使得這部作品多少都有點不像傳統的動物小說。這是一種藝術創新的成功呢，還是藝術探索的失誤？把這個話題留給仁者智者去發表高見吧！

回顧動物小說在兒童文學中異軍突起，經過十多年的輾轉發展，聲威由弱變強，終於在少年小說的領地上穩紮營盤。戰果赫赫，蔚爲壯觀，其中優秀者屢獲獎譽，當代兒童文學史也立出專節予以評述。中國動物小說的繁榮局面已成有目共睹的事實。然而，正是這種繁榮局面給作家帶來新的考驗。如何開拓題材？如何更新藝術？難度變得愈來愈大。每一個不滿足於既有成就的作家，都在苦苦探尋著突破自己、更上層樓的路子。從這個意義上說，這部作品的探索精神是極爲可貴的。

人畢竟不再是動物，更不是遠古洪荒時期的動物，所以，對於作家來說，動物小說算得上是黑暗的藝術。任何一位勇於探索、勇於創新的動物小說作家都需要勇敢的走進黑暗中去點燃藝術之火。有時，這火點燃了，有時卻熄滅了。但你不走進黑暗，將永遠沒有機會把藝術的生命燃燒起來。

對於勇敢的走進黑暗中進行藝術探索的作家，我們有理由肅然起敬。就像屠格涅夫筆下那位站在門檻前的俄羅斯姑娘，面對門裡邊一片陰森森的黑暗，作好了承受來自各方面的一切打擊的思想準備，勇敢的跨過門檻去。我們的動物小說作家也需要有這種跨過門檻走進黑暗的勇氣。

讓我們重複的說一遍：任何一種創造的輝煌無一不是在黑暗中燃燒起來的！

（本文為重點節錄）

如何閱讀《殘狼灰滿》

國立台灣博物館副研究員 鄭元春

沈石溪先生是知名的兒童文學作家，特別是他的中篇或長篇動物小說，均可謂篇篇精采、膾炙人口。其作品的最大特色是筆法細膩，結構完善，布局詭譎多變，讓人讀來興味盎然，甚至廢寢忘食、欲罷不能。

我讀《殘狼灰滿》，有以下幾種感想：

・思緒極爲細膩，狼群中從狼酋到最卑微的草狼，其主要成員的每一個念頭和每一個動作，似乎都不會從筆梢間遺漏。

・將狼性堅忍、不服輸的特質描繪得淋漓盡致，能自然的啓迪讀者的刻苦奮鬥之心，對現代的青少年學子，尤具啓示作用。

・全篇高潮迭起，鋪陳許許多多的情節，而且常常出乎讀者的意料之外，讓人深受吸引，很想一口氣看完它。

・二體六腳狼的神奇組合和彼等的故事、捕獵技巧等，只有對動物，尤其是犬類動物觀察入微者，才能想像、編造出來。這種異乎常人的思維能力，値得欽佩，這樣的作品値得推介。

・二體狼的組合雖是想像、杜撰的，但其狀況絕不是毫無可能，就像兩人三腳的賽跑一樣，練到二體動作完全一致時，其展現出來的速度可以不輸單人雙腳。作者巧妙的將二體六腳的組合狼塑造出來，並將其組合過程、克服困境乃至成功後的捕獵、奪取狼王大位等描繪得出神入化，令人越看越著迷，越看越覺得作者創作功力之深厚。

・文中二體狼的「黃鼬」，是狼群中最醜陋、最卑微的雌草狼，原本跟狼王「灰滿」不會有任何親密的關係，但牠卻感恩圖報，並以超強的意志、不拔的毅力，輔佐狼酋重拾威風，再度登上狼群之頂，而牠自己也同蒙其利，享受前所未有的美食和禮遇。這也說明人可以不必在乎自己出身之高低，只要立定志向、奮力向前、不畏任何艱險，必將出人頭地，享有無上的榮耀。

・小說、故事總有結束的時候，作者選擇了悲壯、莊嚴、英雄式的結局，爲跛腳狼王作最後的禮讚，這樣的安排，令人喝采，也讓「王者的風範」長存。人生何嘗不是如此，要活得有尊嚴，要活得轟轟烈烈，要凡事盡心盡力。

以一種輕鬆、平和的心情閱讀本書，你將在情緒上漸入佳境，在意志上漸趨堅定，在思想上更加縝密，不論是大人或青少年學子，在詳讀本書之後，應該都會心頭澎湃、深受啓發，不信，就請你讀讀看。

「野獸派」沈石溪

桂文亞

有一次和沈石溪談寫作，提到當代中國大陸幾家少年小說菁英分子的時候，沈石溪謙虛中帶點喟嘆似的說，和誰誰誰的作品相比，他沒有他的典雅；和誰誰誰的作品相較，他缺少了他那份幽默。

不過我說，其實是各有各的才分和風格。

以繪畫比喻，有人欣賞明末八大山人孤高淡遠的畫風，有人欣賞清朝揚州八怪（即揚州畫派）自由活潑的畫風，也有人欣賞民國張大千縱橫千里的潑墨畫風，而沈石溪你呢？若以此比喻，就是不折不扣西洋繪畫史上的「野獸派」風格。

「藝術百科」上說，野獸派在畫面上重新組合形與色的自主效果，破壞了過去對題材所建立的準繩，一次又一次不斷的改變美與醜的概念。野獸派廣泛利用粗獷的題材，強烈的設色，「潑辣蠻悍」，令人幾乎喘不過氣，拓開了人們色彩官能之門。沈石溪，這也眞是對你作品最貼切的詮釋了，何況你還是不折不扣的「動物小說家」呢！

沈石溪這個人最大的特點，就是他那種強烈原始毫不遮飾的愛憎喜惡——無論是對自己作品或別人作品的評論，甚至包括對人、事的看法，往往不自覺的一箭穿心，深中要害。

第一次讀他的作品長篇小說《狼王夢》，讀罷掩卷，當下生出一種德國作曲家舒曼在第一次聆聽鋼琴家蕭邦作品後相類似的驚奇：「脫帽，先生！」

其實，在《狼王夢》（一九九〇年，上海少年兒童出版社，十萬字）出版前，沈石溪已經在寫作的道路上奮進了十六年。由於《狼王夢》的吸引力，我開始尋讀他早期的作品，包括成人小說《戰爭和女人》、《生命》、《成丁禮》和他轉耕至少年兒童文學（一九八二年）及成名作《第七條獵狗》、《野牛傳奇》……也就是後來出版的單行本《第七條獵狗》中收集的十個短篇動物小說。

任何門類的創作，幾乎毫無倖免的除了「努力」之外，「天賦」是不可欠缺的一個條件。這天賦指的就是一個人先天的資質，對五音、五色，對天地萬物的「知覺」、「吸收」和「感應」的能力。說實在的，我很羨慕沈石溪擁有的這份獨特的「家產」。

和沈石溪相處，可以很快發現他頭頂裝了一具隱形雷達。他的敏銳和機伶，不但收在那一雙深邃，但常常看起來坦然的眼睛裡，也同時藏在那個無時無刻不在接收訊息，但外表看起來與常人毫無二致的腦袋中。

據說他平常不算多話，從早到晚窩在書房的電腦鍵盤前，啄木鳥似的「多多多」兩眼緊盯著螢光幕敲出一個個泛出光痕的中國字。文思阻塞時，菸一根接著一根，心裡頭不斷的「咒罵」三字經；靈光乍現，湧出奇思妙想時，又情不自禁的笑出聲來，陶醉個兩三分鐘再繼續「多多多」……他是不開口則已，一開口，自由大膽的詞鋒常令人嚇一跳。

一九九四年春，在昆明朋友的安排下，赴西雙版納見識傣族的潑水節。當時就頗意外這個下筆龍騰虎嘯、驚濤駭浪的動物小說家，外型竟是如此消瘦（後來我知道是因爲小時候體弱多病又失調的緣故）；在昆明較相熟之後，他倒也輕鬆自在的調侃自己：「骨瘦如柴，臉上沒有四錢肉」、「零件（五官）分開來看還不錯，合起來就不行了。」

在旅行途中，閒聊的機會很多，印象最深刻的是沈石溪說，他一不相信商人，二不同情乞丐（貧窮恥辱論）。他認爲，人生在世絕對萬萬不能沒有錢，所以他拜菩薩，一祈平安二祈財，而「到死前一刻也絕不會四大皆空」。

他說起自己有一次得了一個聽起來很棒的文學獎，結果興沖沖的坐飛機趕去，以爲可以領一筆獎金，沒想到，只捧回來一個漂亮的大獎杯，眞是「失望透頂」。

一次，朋友用打火機爲他點菸，火屑不小心燒到了他幾根睫毛，他說：「正常毀容要賠二十萬美元，你只要賠兩萬美元就可以了。」不久，旁觀者察覺，沈石溪不僅習慣，也很喜歡以「錢」做話題，拿「錢」開玩笑，不久，他就多了一個外號：「小財多」。

旅遊區任何東西的標價在小財多先生眼裡都是詐騙，有一次阻止不了，乾脆蠻橫的一把搶過朋友的背包，打開拉鍊把裡面的繡品當街攤亮出來，他用義憤中帶著諷刺的語氣，對著剛好路過的一個熟店老闆說：「你看這玩意兒值幾個錢？上當了不是嗎？」好像買主完全是一個白痴。

一次，開車途經一個水果攤，大家下來買西瓜吃，他遞來一塊，朋友一時口誤：「這是木瓜。」他想也不想就說：「我看你才是個木瓜！」

「文如其人」乍看不適用沈石溪。他的作品緊密濃烈，嚴肅深沉，他的爲人卻隨和隨興。作品中的「冷眼看人生」落在現實生活中，都是容易動心和動氣。不過，兩相對照，深入推衍，卻又令人慨然有所悟；沈石溪這個人內在的精細與外在的通直，正好是一收一放、一陰一陽、一正一反、一黑一白，就像兩個相應契合的齒輪。「對立」造成了他的

「和諧」。

站在「友直」的立場，我對他某些言行舉止常有建議。沈石溪照例是我行我素，來個相應不理。但終於有一天在電話中解釋：「我就像一根被醃壞的黃瓜，泡在酸水裡的時間太久了，再怎麼改也改不了那股味兒了。」

於是我忽然想起他寫過的一封信中的一段話：「我這個人，也難怪你焦距不清，是個矛盾體，既自信又自卑，既高潔又卑汙的，既聰明絕頂又愚不可及，既是理想主義者又是實用主義者，一個年輕時在混亂時代泡得身心都混亂了的人……」他似是借用了狄更斯在《雙城記》中的開場：「那是最好的時代，也是最壞的時代……那是信仰的時代，也是懷疑的時代……我們的前途有著一切，我們的前途什麼也沒有……」

我忽然覺得自己實在有必要再理解一下沈石溪。沈石溪就是沈石溪。他所處的時代孕育了他的作品，他的生存環境塑造了他這個人，沈石溪之所以成爲今天的沈石溪，是與你我在台灣成長一代人的過程完全不一樣的。他最可驕傲的本質，是在那個「最絕望」（也是希望）的時代，那個「走向地獄」（也是走向天堂）的環境之下，選擇了「一枝筆」（一枝筆！）作爲他生命的歸宿。天知道在那艱苦漫長的歲月中，他千萬根神經被焦慮的苦思折騰扭絞成什麼樣兒？他要用多少精神毅力燈下埋首伏案爬完多少格子才能嘗到今天這粒尙稱甜美的「文學苦果」？

沈石溪作品集

殘狼灰滿

2010年9月初版　　定價：新臺幣240元
2018年3月初版第二刷
有著作權・翻印必究
Printed in Taiwan.

著　　者　沈石溪
叢書主編　黃惠鈴
叢書編輯　張倍菁
校　　對　俞　珩
　　　　　謝惠玲
整體設計　陳巧玲

出版者　聯經出版事業股份有限公司
地址　新北市汐止區大同路一段369號1樓
編輯部地址　新北市汐止區大同路一段369號1樓
叢書主編電話　(02)86925588轉5312
台北聯經書房　台北市新生南路三段94號
電話　(02)23620308
台中分公司　台中市北區崇德路一段198號
暨門市電話　(04)22312023
郵政劃撥帳戶第0100559-3號
郵撥電話　(02)23620308
印刷者　世和印製企業有限公司
總經銷　聯合發行股份有限公司
發行所　新北市新店區寶橋路235巷6弄6號2F
電話　(02)29178022

總編輯　胡金倫
總經理　陳芝宇
社長　羅國俊
發行人　林載爵

行政院新聞局出版事業登記證局版臺業字第0130號

本書如有缺頁，破損，倒裝請寄回台北聯經書房更換。　ISBN 978-957-08-3671-4 (平裝)
聯經網址 http://www.linkingbooks.com.tw
電子信箱 e-mail:linking@udngroup.com

國家圖書館出版品預行編目資料

殘狼灰滿 / 沈石溪著．初版．新北市．
聯經．2010.09
212面．14.8×21公分．(沈石溪作品集)
ISBN 978-957-08-3671-4（平裝）
[2018年3月初版第二刷]

859.6 99016371